涼宮春日的分裂

谷川流

涼宮春日的分裂

CONTENTS

序章……13

第一章……92

第二章……138

第三章……196

封面、內文插畫／いとうのいぢ

序章

每個人都會藉由不同的事物來掌握季節的變遷，就我而言，觀察這半年來家裡飼養的花貓三味線的動向就可以摸清楚。

當三味線夜裡不再鑽進我的睡床，我就明白四季中最為人稱頌的數個月已悄然降臨這個地區。但是對於季節變化比貓咪還要敏感的，就莫過於對環境變動的對應準確得讓人佩服的植物了。到處盛開的櫻花樹群，簡直像是事先說好似的花雨紛落，襯得四月上旬的天空像是有蠟筆塗抹過那般蔚藍；太陽也將燦爛刺目的陽光傾注到地表，似乎正磨拳擦掌迎接下一季夏天的到來。但山上吹落的風仍然有些許寒意，間接點出了我的所在位置海拔有多高。

無事可做只好一味仰望天空的我，口中流瀉出可有可無的單字，除了吃飽太閒還真是找不出別的理由。

「春天到啦……」

因此，我也不求能得到旁人的回應。但是明知我不強求，仍不由自主搭上線的臨時鄰人卻回應道：

「無疑的，春天是到了。對學生而言也是新的一年開始。不管是在月曆上或是年度上。就連我的心情上也是如此。」

這種爽朗到不行的語氣，在春天或秋天聽起來是挺合適。夏天卻嫌悶熱了點，至於冬天在距離近到連喃喃自語都聽得一清二楚的心目中最佳人選ＮＯ.１，算算也只有朝比奈學姊而已。

不曉得古泉是否察覺我已進入心不在焉、左耳進右耳出的程度，繼續說道：

「雖說這是上高中後所迎接的第二個春天，但我個人有點小意見，究竟該說是春天『終於』來到，還是春天『已經』造訪？真教人迷惘啊。」

有什麼好迷惘的？反正英語裡都是用ｙｅｔ表示。就是因為過去發生的事不可能一一記得，驀然回首才發現大部分事物都已是明日黃花，接下來會發生什麼事又不可預知，因此還是不疾不徐地做自己該做的事，管他內容愉不愉快、或快或慢，跟著自己的感覺走就好。稍微向時鐘看齊吧。它們可是毫無怨言日日數著同樣的秒數滴答滴答不間斷地報時。只是有時明明不記得有按掉，但鬧鐘卻沒響，讓人氣得想拿來砸牆洩恨就是了。特別是星期一的早上。

「所言甚是。時鐘的指針是少數能告知我們何謂客觀的事物之一。但是對於時間向來主觀判定的人類而言，那也只不過是一根針罷了。重要的是，在那一定的時間內，自己在思考什麼，又是如何去實行。」

「唉唉唉～」

我中斷緩緩變換形狀的雲朵觀測作業，朝鄰人側首。

一成不變的微笑就在那裡，點出了微笑的主人古泉一樹的存在，不過像這般和飛機雲同樣沒得比，既不養眼也不傷眼的日常景象，看久了也沒有任何益處——想著想著，我決定將臉再轉回來。

但是——

「就我個人的意見而言——」

我將中庭的光景充分投射在視網膜上，對著側耳傾聽的古泉說道：

「春天終於來到了——比較符合我的心境。」

目光追逐著前面那群新生嶄新的制服，我感受到錄製在腦海裡的懷念影像正於眼窩播放。

然後……我有了以下的想法——

一年前的二年級生，也是如此看著一年前的我們嗎？

我會進入這所高中就讀，純粹是學區劃分制度搞的鬼，撞到涼宮春日那個不明移動物體後，連好好認識的時間都沒有，腦子就被強迫灌輸狂猖至極的電波介紹文，還沒搞清楚這女人是怎麼回事，就在漫天問號作陪下被拉入春日時空，成了號稱SOS團的謎樣組織一員，甚至還邂逅了如假包換的外星人、未來人與超能力者……只有這樣倒也還好，後來又被迫參加外星人、未來人與超能力者各自帶來的活動，還得附和春日一時興起想到的消遣——真的不是我在說，這一年來我累積的經驗值可說是大為暴漲。搞不好我單手就能撂倒半吊子的中級魔王了。

「習慣真是種可怕的東西。」

我已完全習慣校門口那冗長得惱人的漫長坡道，也就因為太習慣，起床時間也跟著一延再延，堅持賴床到最後一刻絕不輕易起床。但是融入學校這個大環境的不只有我，連春日也有宛如溯瀑而上的鯉魚躍化成龍的大轉變。

好想將現階段的春日拍照存證，拿給一年前的春日看，再以預言的口吻說道：妳明年就會變成這個樣子哦。

算了，就算真的辦得到，我也不會這麼做吧。

「英雄所見略同。」

古泉半瞇著眼，唇角微揚，雙臂抱胸，翹起二郎腿。

「啊，說到這個習慣呢，人類原本就是適應性極強的生物，大致上的環境都能適應，從地球各處遍布其生活的蹤跡便可得知。不過最近，我倒認為那是有利有弊了。人一旦習慣了某種狀態，遇到突發狀況就會疲於應付，你說是不是？」

你是指什麼？如果你是指春日，那女人幾乎沒有什麼非突發性的狀況可言吧。

「嗯，你這麼說也對啦……」

真難得，古泉居然會吞吞吐吐。這小子向來想說什麼，不用人家問自己就講出來了。我要是追問下去，肯定又會被逼著聽艱澀的長篇大論。

我無言搖搖頭，甩開古泉意有所指的視線，目光轉向和那小子相反的另一方。

「……………」

說到無言，已達膜拜等級的無言之尊——嬌小的水手服少女，微風正吹拂著她的髮絲。

就算不講大家也知道的長門有希，SOS團引以為傲的神秘外星祕密兵器——就目前這個場合而言，最適合她的頭銜莫過於文藝社社長。同我與古泉一樣，長門也將課桌椅搬到了中庭，與我們隔著數公尺之遙默默看書。書名好像是講述哲學家、畫家、音樂家環環相扣什麼的那本書，照例又是厚得跟水泥塊沒兩樣。

我從中庭仰望社團大樓。方才拔腿跑回社團教室的春日，以及被春日拉著跑的朝比奈學姊都還沒回來。今天一整天都不回來也無所謂，那樣不管對誰而言都是一種幸福——問題是，那是不可能的。

言歸正傳。

現在才說明狀況似乎遲了點，我就不賣關子了。現在是新學年新學期開始幾天後的放學時刻。這一天，我們將桌椅搬到中庭卡位。同樣的事不乏有二、三年級學生在做，但不是全員都有樣學樣。

我在人群中發現了電腦研究社的成員。他們的長桌上陳列著數台桌上型電腦，螢幕顯示的影像看起來很像是ＣＧ之類的。但不是上次的宇宙艦隊ＳＬＧ（註：ＳＬＧ＝SIMULATION GAME，模擬遊戲），而是帶了點粉嫩的況味，乍看像是算命軟體的東西。電研社滿會見機行事的嘛。我也看到那個順利升上高三的社長了，但他是否仍留任社長一職就不得而知。是不是也無所謂啦……待會再問問長門吧。

我看向他處，那裡正被叫不出名號的一群社團擠得水洩不通。裡頭多得是聽都沒聽過，感覺怪裡怪氣的同好會或研究會。有此發現後，我就更加無所謂了。原本我們就沒有理由參加這一類活動。

硬要擠出一個理由的話，就是為了長門。

我再度看向那位猶如陶瓷一般無口的愛書女孩。

獨自一人坐在僻靜位置的長門，桌前用膠帶貼了一張以明體書寫、墨跡鮮明的「文藝社」字樣的八開大和紙。每當和紙隨著翻來覆去的春風飄搖之際，長門那頭與美容院無緣的短髮也隨之飄揚，唯獨本人沉浸在與世隔絕的靜謐中，眼皮抬也不抬的專心看書。

說到這裡，諸位看倌應該瞭了吧。

這是文化系社團──特別是弱小的社團──舉辦的暫時入社兼社團活動說明會。

目前在中庭舉行的，就是那種招生活動。運動社團是在體育館或運動場上逕自帶開釣魚；

而沒舉行什麼勸誘活動、社員就會自動上鉤的管絃樂社和美術社，則各自在自己社辦撒網。會聚在這裡的主要都是倘若不宣傳，社團本身的存在或活動內容就鮮為人知的研究社以下、同好會以上的團體。

喔哦，有件事我想不用說大家也知道，結果還真的忘了說。SOS團的成員暨關係人士全都順利升級了，可喜可賀。我、春日、長門和古泉已成為高二生，朝比奈學姊則是高三生。和布滿一年份回憶色彩的一年五班教室說再見，不能說沒有半點不捨，只是升上了二年級也沒多大變化嘛……喔，對了，我又跟春日同班了，在開學典禮上和新班級的新同學初次打照面時，用膝蓋想也知道，坐鎮在我背後的是涼宮春日最拿手——桀傲得有些複雜的鴨嘴獸擬態嘴。

「搞什麼鬼！」

春日以睥睨的目光，舔舐了全班一遍。

「和一年級的班底幾乎沒兩樣嘛。還以為會大洗牌的說。」

實在很想嗆春日一句：妳小姐到底是高興還是不平衡？但此時的我也不由得贊同起春日的看法。這是因為我和春日同時分發到二年五班就算了，不知為何谷口和國木田也在班上，連級任導師也是愛學生出了名的岡部老師。當中摻有幾個看過但不知道名字的新同學，但是基本構成幾乎都是承襲自舊一年五班。聽說是因為這個時期已決定要攻讀理科的學生，集結起來剛好可以組成一班，二年八班便成了那群學生的托孤場所，以前的八班被解體，成員三三兩兩打散到其他七個班級去。剩下的幾隻小貓就意思意思從這班調到那班去。大概是為了照顧那些少數民族，導師岡部才會要全體學生一一再次自我介紹一遍吧。

當然我對分班的結果也有些許疑慮，跑去跟向來在檯面下相當活躍的人物旁敲側擊：「是你們安排的嗎？」

結果得到的答案是——

「不是。」長門以平板的語調告知之後，又加上一句：「只是湊巧。」

「這件事真的與我們無關。純粹只是學校當局的安排吧。起碼『機關』在這件事上絕對沒有插手干預。」帶著苦笑的古泉斷言：「一切純屬偶然。」

看樣子，分班的事似乎沒有作假。

我是知道一個有能力將偶然變成必然的女人啦，但我可沒無聊到會去跟她爭辯這些。

對了，朝比奈學姊跟鶴屋學姊是否又同班了？倘若是，八成是鶴屋家居中關照了一下，不過這也沒什麼。就算教室和年級不同，橫豎大家放學後聚集的地點還是那一個。

我在意的是——我也該在意的，是另一個地方。搞不好就在我眼前這批新生中喔。

外星朋友，我已經有了。未來人學姊也有了。這一年來跟我講最多話的男人是名超能力者，也是無庸置疑的事實。

但是——

那一天，那個時候，春日讓非東中畢業的五班學生啞口無言的自我介紹，那一串成為發燒話題的宣言當中，有個尚未登場的類別，我可沒有忘記。

異世界人。

嗯。我是不希望那種人存在啦，但目前唯一欠缺的也只有那種。不過，我們已順利升級了，現下一年級生的位置又空著……

「唉唉唉。」

我動動脖子紓解肩膀痠痛，開始進行一年級新生的監視任務。

這是因為團長殿下下了一道聖旨——看到有希望的就捉起來！問題是春日口中有希望的傢伙，不見得我有那個慧眼看得出來啊。

順便再提一下好了。二年五班初次開課，涼宮春日並未重覆一年前相同的自我介紹。而是以清澈宏亮的聲音說道：

「我是ＳＯＳ團團長涼宮春日。以上！」

她露出目中無人的笑容，再大大揚起我後腦杓的髮絲，一陣風似地坐下。

那樣就夠了，一切盡在不言中。

而且呢，對班上所有同學而言，那樣簡短的自我介紹就足夠了。因為不知道涼宮春日與ＳＯＳ團響叮噹名號的人，我們班根本就沒有。

若要說有的話——

我有意無意凝望那些穿著上個學年度仍是三年級指定用色的滾邊室內鞋、闊步走在中庭的腳丫子們，思索著：

應該是在這些新生當中了。

在花苞初落、進入抽芽時節的染井吉野櫻樹旁，我、古泉和隔了一段距離的長門，三人無所事事坐了一陣子，我注意到一個人影有如逃出埃及的摩西，從容撥開密集的學生群，朝我們這邊走來。

我見過那名男子，他可說是間接造成我在這裡無所事事的元凶。學生西服下襬瀟脫地翻飛，在不時飄落的櫻花雨中漫步，完全是一副駕輕就熟的偽政客嘴臉。我頓時有種登上了三流舞台的錯覺。

「好久不見。」

學生會長在我們面前一站定，便以低沉的聲音說道。

不好意思，我倒不覺得我們很久不見。才剛在開學典禮的全校朝會上長篇大論過的臉，哪有那麼簡單就忘掉。

「那不重要。」

像是照著寫好的劇本，做作地喬了喬一點也沒歪的眼鏡，擺出對信眾的集會感到不滿的教主面孔說道：

「你們的團長到哪去了？我是專程過來跟她抱怨個一兩句……也許更多，卻沒見到你們頭頭的蹤影。」

我哪知道那女人在哪裡。我又不是她的秘書或經紀人，怎麼可能掌握得到那位忙得團團轉的同班同學每一分鐘的行蹤。

「沒辦法。那我只好問你了。你們在這裡做什麼？」

只要保持沉默，古泉就會自動接話了吧。但這個SOS團最溫文儒雅的男子，不知是春天發癡了還是怎樣，只是笑而不語。我只好硬著頭皮說道：

「會長看不出來嗎？」

會長閣下板起鐵面人的臉孔，俯視著沒好氣回答的我：

「當然。本人一看就曉得了。只要想想這地方是哪裡、你們又是什麼人，答案自動就出來了。我會開口詢問，只是想確定你們是不是在策劃超乎我想像的計畫。是嗎？沒有是吧。那麼——我接下來要說什麼，相信你們心裡也有底了吧。」

你這番話才是和我內心所想的一字不差。拜託，你老兄要抬槓的話，怎麼不找春日在的時候過來……

嗯？慢著。春日又不在，會長幹嘛擺出看似慇懃有禮實則目中無人的態度？現任會長不是由古泉一手提拔的「機關」傀儡政權嗎？

還是另有玄機？會長這麼做是為了瞞騙周遭的耳目嗎？可是我們占的位置是在中庭的角落，不豎耳傾聽是偷聽不到我們談話的。座落在幾公尺旁的長門可能聽得到，但是不好被長門聽到的事情，也不外乎是CIA或NORAD的高層才得知的情報吧。（註：NORAD全名是North American Aerospace Defense Command，北美防空司令部）

陰錯陽差與我互以目光角力的會長閣下，突然嘴角一撇，視線打橫，以低沉的聲音說道：

「今天到此為止。文化性社團大致上都巡視過一遍了。喜綠同學，妳先到操場上待命。我隨後就到。」

「好的。」

聽到那聲簡短的應答，我才發現有個人站在那裡，到口的「嗄？」字又吞回去，改吐出較進入狀況的語句。

「……喜綠學姊？」

「是的。」

她禮貌地應答，高雅地頷首。

沒聽到她的聲音前，我真的完全沒看到她，亦掩飾不住對此一事實的驚愕。學姊簡直就像是與會長的影子同化，發聲的同時才現出實體那般突然冒出來似的。

ＳＯＳ團頭號委託人暨電研社社長的前女友，目前擔任學生會書記一職的喜綠江美里學姊，面帶貴婦人畫像般的淺笑，朝我一躬身。呆若木雞的我也傻傻地跟著回禮。

……我懂了，會長做作的肢體語言，原因就出在這吧。他想在喜綠學姊面前隱藏本性。其實根本就沒那個必要。

話又說回來，有誰規定會長跟書記一定要配套出場的？換成會計或副會長當陪襯的布景應該也沒差吧？

「你這麼希望，我下次就這麼做。」會長又推了推眼鏡。「只不過換成我們家會計出馬，到時候矛頭難免又會轉向你們家那位文藝社社長。」

關於那個小道消息，我輾轉從古泉那裡聽說了。那是發生在上個學年度，放春假之前，由學生會主導的各社團預算分配會議上的事情。雖然社員僅有一名，但文藝社好歹也是淵源已久的傳統社團，當然也得派代表出席該會議。至於那位代表是誰，當然不會是春日而是長門有希。本來春日還打算代長門出席，或是跟著長門一起去的；但是不法侵占文藝社教室的幕後主謀者，在那種場合露面只會攪亂一池春水，甚至免不了一場大亂鬥。

儘管春日噘著嘴，她還是接受了我與古泉的諫言，以將人質送到敵國去的戰國武將的神情，目送長門無聲無息離去的背影。

後來呢，差不多過了一小時才回來的長門，劫回了以一個社員僅有最低人數、跟休眠沒兩樣的社團活動而言算是破天荒的社團費用。

長門是不是使了什麼魔法，會上又發生了什麼事，沒人清楚。聽說長門只是靜靜坐在會議室的長桌，一語不發地直視著學生會會計的眼睛。每年慣例都吵得不可開交，時間只會延長不會縮短的預算分配會議，就那次破例異常順利，和樂融融結束。

彷彿那都是自己的功勞，會長邀功似的說道：

「預算會議本來就是名存實亡，實際上幾乎都照著我和喜綠同學核定好的預算案走。沒想到還是破了例。不過呢，我早就料到文藝社會破例拿到預算了。啊，既然拿都拿了，我是不會再囉唆什麼；只要辦的活動對得起那筆預算，我就不會有意見。要不然我一定會再度上門踢館。到時你們就玩完了。」

恭恭敬敬聽完會長發嘴砲的喜綠學姊突然開口：

「那麼，會長，我先走一步。」

「辛苦了，喜綠同學。」

喜綠學姊最後又向我們一鞠躬，拋出有如新芽般鮮嫩的笑容，身影消失在運動場的那一方。留下一縷百合花般的清香。

在這段期間，長門和喜綠學姊之間眼神毫無交會。不愧是同類，也許她們早就習得了不用言語就能對話的方法。長門的臉完全沒有自書本移開也是一個原因吧。

「雖然很想進入主題——」

會長順勢拿下了眼鏡，纏在指尖甩了甩邊說道：

「那女人不在，再談下去也是無濟於事。她什麼時候會回來？」

應該不會太久。就算朝比奈學姊要換裝，也不用花上那麼長的時間。

「那我在這等她，可以吧？」

不管怎麼說，這位會長是越來越有模有樣了。儼然像是從三年前就開始當會長似的。

「我自己也沒想到。一度認為學生會的工作淨是些麻煩事，不過……」

會長壞壞的笑了一下，得以窺見藏在鐵面皮下的一丁點原形。

「實際做做看才發現相當有趣。說真的，長期扮演和教師群、執行部的那些人周旋的會長久了之後……」

一隻手拍了拍臉頰說道：

「常常會忘記哪個才是真正的我。其實完全成為另一個人也不壞嘛。」

「你想繼續扮演雙面人好是好——」

終於在此時，古泉慎重地開了金口。

「可別讓臉上戴的面具反客為主，成了真正的主角。盜採木乃伊的人反倒成了木乃伊（註：日本諺語，喻去找迷路的人，自己反倒迷失了），披著貓皮卻變成了貓（註：日本慣用語，裝得像貓一樣乖巧，久而久之真的變乖巧了。喻弄假成真）的例子也不在少數。」

「被遺落在迷宮中的盜墓者不會變成木乃伊，只會變成屍體。再說貓的壽命又比人類短。」

會長露出猛禽般的笑容，用衣袖擦了擦眼鏡鏡片，再度掛回鼻樑。

「別擔心，古泉。我會好好扮演的。不過——」

戴上眼鏡的會長，頓時化身成超完美學生會長，難怪他會說不知道哪個才是自己，他繼續說道：

「負責在那個腦袋開花的女人脖子上套繩，是你們的工作。」

順著會長的視線，從社團大樓出入口現身的是，宛如確信春天已來到、喜孜孜的森林小動物版本團團長，以及春天的精靈在暖陽中具體化現身的ＳＯＳ團專屬女侍的倩影。

春日一手拿著紙箱、一手抱著朝比奈學姊，本來笑逐顏開的她一發現會長也在，眉毛毫不掩飾吊得老高。

「等一下、等一下！」

春日根本不顧手臂被自己拉住，腳步踉蹌的朝比奈學姊，邁開大步走來說道：

「啊，哈——我就知道，被我料中了。我就知道你會挑我不在的時候來。不過很可惜，我們沒有什麼好被學生會挑剔的！」

喔，NO……那可不見得。就看妳到底想在中庭玩什麼把戲了。

「啊……會長。」

眼睛像知更鳥眨呀眨的朝比奈學姊身穿女侍裝是無所謂，因為那是好比在空地上長出貓尾草一樣，司空見慣的光景。

「喂，春日！」我問道。「妳怎麼打扮成這樣啊!?」

就連我也是頭一次看到。她什麼時候準備了那套服裝？

只見春日倨傲地挺起胸膛——

「不行嗎？穿中國旗袍有什麼不對？」

就如春日說的，她穿著玉腿從高衩伸出，以金銀繡線刺上昇龍圖案、醒目萬分的緋紅色長旗袍，而且還是無袖的。

再加上一出場就大吼大叫，早就獨占了中庭所有學生的視線。同樣地，女侍版朝比奈也陷入眾目睽睽下的窘境，如果可以，真想將學姊忸怩不安的難為情神態獨占，只有我能看。別跟我扯什麼獨占禁止法喔。（註：日本的反托辣斯（TRUST）法案，又稱獨禁法）

「如果是在開派對，妳的穿著當然是沒問題，可是這裡是學校，而且還是在大批新生面前。拜託妳也看一下場合好不好。」

春日針對我的常識論觀點說道：

「我就是看場合，才決定做這樣的打扮呀。本來是想扮成兔女郎，又怕會被囉哩囉唆，才決定換成中國旗袍的。你也感謝一下我的深思熟慮好不好！」

說著說著，她本想以挑釁的高姿態指著會長，這才想起自己兩手都忙得很。放開朝比奈學姊，將紙箱重重放在我的桌上，拍拍手，才鄭重其事伸出手指重新發話：

「你最好也認同！」

不過……會長也不是省油的燈——

「那樣的思慮稱不上是深思熟慮。當然，身為維護校內風紀的學生會長，可絕對不能苟同。對了，不曉得妳有沒有聽過『五十步笑百步』這句話？或者是類似的也行。」

「那又怎樣？你想說『橡果比高低』是不是？」（註：近似英文的「鍋嫌水壺黑」、國語的「半斤八兩」、閩南話的「龜笑鱉沒尾」）

「不，本人只是不希望妳帶給對未來充滿希望而進入本校就讀的新生不必要的混亂。我更不會允許妳做出，引發這些少不更事的可愛男學生色心大發的行為。」

「什麼色心大發？別笑死人了好不好！我告訴你，就算是穿制服或體操服，照樣會有人色心大發。難不成你要我們脫光光，全裸去上課才甘心嗎？」

強詞奪理也要有個限度。會長也光火了，回敬一句：

「越說越不像話。」

「那好！希望你也能尊重學生的自主性。起碼放學後，我們想穿什麼衣服就讓我們自己選擇。反正我們又不會穿這樣上下學，應該沒問題吧？對不對，實玖瑠？」

「呃？啊，對。直接穿這樣回家，就太那個了……」

朝比奈學姊微微顫抖著、搖搖頭，目眩神迷般的望著春日的中國裝，半羨慕似的吐了口氣。她也想穿嗎？

其實，跟與朝比奈學姊雙雙化為兔女郎站在校門口發傳單的去年相比，春日算是有長足的進步了。肌膚外露範圍明顯縮小許多。不過，在以一年級新生為主的學校活動上，新科二年級與三年級的學姊卻玩起了角色扮演，人家會怎麼想？而且如果是沒意義的，那就更不應該了。

「當然是有意義囉，而且是大有意義。你看，我們現在不是很醒目嗎？」

我的意思是說，光醒目是沒有意義的。

春日死光射過來，我頓時體會到察覺鯨類快浮出水面的磷蝦的心境，（註：磷蝦是一種甲殼類浮游動物，外表金黃，入夜後會發出美麗的藍色磷光。廣布於世界各大洋，是魚類與鯨類的主食。又有鯨食之稱）她的目光卻突然跳開，朝默默看書的長門背影投射過去。

「阿虛，你是不是忘記我們來這裡是幹嘛的？限你兩秒內想起來。」

呃——

「時間到！」

春日只給了我零點五秒就宣布時間到，先是在我面前揮揮手指，再將那隻手搭在猶如經過冷凍處理、一動也不動的長門肩上。

「我們這回是來幫有希的，不是要拉人加入ＳＯＳ團。這一點請你務必搞清楚！」

如此朝著會長叫囂。話中提及的長門本人仍自顧自翻頁看書。

「嗯。」

在這種情形下亦面無懼色，正是現任會長的特性。他食指碰了碰眼鏡的鏡架說道：

「換句話說，涼宮學妹，妳不僅沒有在文藝社掛名社員，還想幫文藝社招生？」

感謝你替春日做了個簡單又明瞭的總結。

「沒錯！」

春日的胸膛更挺了，這次是指向我和古泉的桌子。

「你看，他們兩個只有將桌子並排坐在一起，什麼也沒做啊。也沒有貼上寫著ＳＯＳ團字樣的紙，阿虛的臉也因為春眠不覺曉的關係，看起來比平常更呆。」

最後一段的說明是多餘的。

「哦？」

會長縮了縮下巴，眼鏡無意義的閃光了一下——

「那我倒想請教請教妳，涼宮學妹，妳帶來的那個紙箱裡，放著像是標語牌的東西，又是什麼呢？」

「就是標語牌啊。」

春日握住露在紙箱外頭的棒柄，動作俐落地取了出來。

塗上白漆的木棒前端，貼合著兩片同樣上了白色的膠合板，上面有春日親手書寫的「文藝社」字樣。至於找適合的木材切割、組裝、塗油漆等等那些雜務，不消說統統落在我頭上。

「看到沒有？這上面寫的是文藝社！我要派實玖瑠拿這個牌子站崗。要是沒我們幫忙，憑有希的個性可不會這麼積極恰當的宣傳。」

這倒是。被排進一年級新生課表裡頭的社團介紹，聽說前天已舉行完畢。為何是聽說？因為SOS團完全沒有介入的餘地，也沒有受邀的理由，受邀的只有文藝社社長——長門而已。長門也絲毫不浪費分配到的時間，站在禮堂的講台上面對蹲坐在前的全體新生，以朗誦世界各地主要都市氣溫的淡淡口吻，發表以「由大腦生理學的觀點，剖析言語不完全性與對話者之間的意思傳達」為主題的論文，講到時間到才下台。那當中連文藝社的社字都沒提到，而且序論結束後，一半以上的新生都被睡魔上了身。在長門如同催眠術的現身說法後，就算有人想進文藝社也會打退堂鼓的倦怠感瀰漫整座禮堂。長門有希確實可怕。

但長門一點也不引以為意。今天不管她的話，這會她也是關在社團教室裡繼續看書吧。當然——憑春日的個性也不可能放任不管。

像招收新社員如此好康的活動，長在春日髮旋附近的不可視探測器，當然也不可能就此視若無睹。

不過——慢著。我再重覆一次，SOS團尚未獲得正式認可，目前也仍是跟祕密結社沒兩樣的校內非法組織，不可能公開招募團員。換作以前的春日，很可能會堂而皇之去做；但是從今年開始多了位不時在虎視眈眈的學生會長……那麼——到底要怎麼做，才能快快樂樂度過這一天呢？

就這樣，春日頭上響起收銀機般清脆的響聲，令我們化身成文藝社志工，在春宵一刻值千金、乍暖還寒的時節，於今天這個招生大日在中庭閒散地度過一天。

——當然……上述都是表面話，裡面自然尚有文章。

這一點，學生會長也輕易猜到了——

「可以讓我看一下那個標語牌的背面嗎？」

「可以啊。」

春日邪邪一笑，翻過手掌。「文藝社」的背面——當然是做成雙面——也是「文藝社」。自然不會寫上ＳＯＳ團。

「你們還真是準備萬全。好吧。妳的主張基本上還算合理。」

會長推了推眼鏡樑——

「雖然本人天生不善妥協，但更不愛引起無謂的騷動。我警告你們，最好別給其他社團添麻煩，乖乖站著就好，別說話，直到太陽下山。我要忙視察去了。記住，脅迫性勸誘、強制入社一律嚴禁。」

這番話請對運動社團說去。我們學校不過是小小一間縣立高中，哪個社團不缺年輕有為的後進？

「說得也是。我會去找他們談談。最後再問一下。你們要幫文藝社招收新社員是可以，問題是招收到新社員後，你們怎麼辦？社辦會騰出來嗎？」

「這事不用你管！」

即使升上了高二，春日對學長姊的口氣還是好不到哪去。會長對著「哼！」一聲就轉頭不理的春日說道：

「好吧。言盡於此。那麼後會有期。」

會長閣下盯著春日的旗袍裝和朝比奈學姊女侍服的目光，活像是要將她們烙印在底片上似的，好一會後，才從容不迫地跟在喜綠學姊身後離去。

那個人到底是來幹嘛的？老是叫春日別做這個別做那個，分明就是要激她做嘛。看吧，春日的神情已樂不可支到快爆笑出來了。

「事情挺順利的。小事一樁～小事一樁啦。」

春日一直等到看不見會長的背影後，才使力將手上的標語牌插進地面、貼合的膠合板也撕了下來。在這項工程中參了一腳的我並不驚訝。可憐的「文藝社」三個字瞬間化成木屑，出現在裡層夾板的文字毫無疑問是——

ＳＯＳ團。

去年的五月——是哪一天來著？成立的「讓世界變得更熱鬧的涼宮春日團」，又會有好一陣子行不改名坐不改姓繼續營運下去了。

春日帶來的紙箱裡頭裝的不只有手工製作的標語牌。

她將標語牌塞給朝比奈學姊，顧不得中國長旗袍裙襬被風吹開，她有如魔術師的助手，將東西一樣一樣拿出來。

首先是液晶螢幕。再來是ＤＶＤ播放機、各種電線、纜線和轉接器之類的東西，最後是在合作社新買的大學筆記本（註：一般多為Ｂ５大小，起初是在東京大學附近的文具店販售，深受大學生愛用而得名）和文具。

「好了，快去裝設。」

春日催我：

「影像一定要清楚才行。」

中庭沒有插座，不過春日早在事前就已交涉完畢，要到了電源。此時還抗命的話只是浪費生命又無濟於事。我照她的指示乖乖拿起纜線，走向電研社招生區。

「不好意思，可以借用一下你們家的電嗎？」

「可以啊。」

回應的是社長本人。他似乎仍續任社長一職，因為他別在胸口的那張類似入館證的手寫工作人員識別證，上頭是那麼寫的。

「我不放心讓下面的人接班。」社長的口氣不知為何聽來有些自豪：「我決定做完第一學期的任期。當然……我也在考慮社長人選了。接下來我會好好培育——」

假如你還有很多話要講，能否分期延到下次？光是這一點，或許其他社員都很期盼你早日引退喔。

「啊，其實呢……」

社長壓低了音量，以手背掩著嘴角，連珠炮似的道出：

「我想請長門學妹加入我們社團，順便也兼任一下社長職位啦。她是我見過全世界最強、跟電腦八字最合的優秀人才。不管電腦出什麼狀況、有什麼BUG甚至是系統錯誤，只要長門學妹啟動一下開關，就會像變魔術一樣一筆勾消。儘管她只是偶爾來社上玩玩，卻每次都讓我們驚嘆連連。她是有一部自組的專用電腦，一轉眼就開發出足以讓電腦廠商臉色鐵青的原創新型OS（註：Operating System，作業系統）。而且那些未知的原始程式碼，除了她之外真的沒人會用。我們測試過所有硬體的軟體，作動皆相當完美，相容性高得出奇。到底她是怎麼組裝的呢——」

你跟我講那麼多，我也只能跟你說：長門就是那種人。你個人有什麼心願就去找她本人祈求。她一定會告訴你的。只是地球人不一定聽得懂就是了。

我晃了晃纜線的前端，這位三年級學長兼現任電研社社長一點就通，爽快地將延長線的插座借我。看來春日推動的電研SOS團第二分部化進行得很確實，真是再好不過。不設法止住這股潮流的話，搞不好在地球的大陸全都沙漠化之前，春日就已完成了地球人類全都SOS團員化的霸業。不過我寧可相信智人不會笨到那種地步。（註：智人Homo sapiens，是現代人的學名）

插頭插好後，我將捲好的纜線一面放長一面走回來，春日迎上來的表情雀躍得像是看著狗接到飛盤跑回來的狗主人。

春日笑臉迎人總是件好事。尤其對古泉而言——才這麼想，一看過去，自稱是超能力者的那位少年並沒有笑意。瞧他兩肘撐在桌上，下巴擱在交合的十指上遮住嘴角的反應，是有什麼心事嗎？他不經意偷瞄長門的模樣，也讓我很介意。

怎麼搞的？只要是SOS團的成員，就得輪番耍憂鬱——有這麼一條法則是不是？這回輪到古泉了？饒了我吧。長門和朝比奈學姊就算了，只有你，我堅信只有你是不會迷失自己的～

古泉察覺到我疑惑的注視，慢慢將視線轉向我，瞇細了眼。彷彿是要讓我安心，他拋給我一個微笑，卻讓我覺得他只是在強顏歡笑。

這小子之前是九班——數理資優班的，照理說他們班會原封不動用遊覽船整船載走，駛入二年九班的碼頭，不會有他看不順眼的傢伙亂入才對呀。

春日一如往常地精力充沛，古泉卻一反常態地無精打采，實在是很難想像的光景。是他「機關」的頂頭上司說打工的薪資要打折嗎？那豈不是更好？你閒閒沒事，比我閒閒沒事更值得額手稱慶。

如果是因為新學期一開始，鞋櫃被一年級新學妹可愛的信封塞爆而感到困擾，那我對你的同情就跟三味線掉的毛一樣沒用了。畢竟古泉的玉面和靜靜站著就能吸引異性目光的春日嬌顏有得拚。

「阿虛，快將電視接好放影片啦！」

春日猶如得到中國小姐選美比賽第一名似的不停揮著標語牌，笑盈盈的命令著；我只有唯唯諾諾遵命的份，古泉也起身幫我。在我們忙著將DVD播放機和液晶螢幕的線路接過來接過去時，古泉臉上掛的是很普通的微笑，問題是——我就是覺得事有蹊蹺。

這是因為，他又不時對我傳送微妙的眼波。很遺憾，我雖然有對能看懂長門和朝比奈學姊眼神的慧眼，卻沒有能理解男生直視你的意圖何在的慧根。

當我以吊兒郎當的語氣報告AV機器的配線接好之後，春日活像是發現魚群的漁夫一樣猛點頭。

「好，現在——」

只見她從紙箱裡摸出一張光碟，放進不太願意張嘴的中古播放機，將食指貼在播放鈕上，像在按自家門鈴那樣不客氣地按下去。

然後，液晶螢幕就浮現出可疑的影像，似曾相識的音樂如漏雨一般自揚聲器流洩而出。

朝比奈學姊驚跳了一下，吐出悲切的氣息：

「啊——……」

她不安地將目光從畫面移開。看到學姊那惹人愛憐的模樣，我的男子氣概全被激出來了。

「春日，音量別開太大。免得會長聽到了又折回來。」

「安啦，那種角色我才不放在眼裡！」

妳最好放在眼裡。

「他老兄要是不爽，直接在此開公開辯論會也未嘗不可！」

萬萬不可。

「夠了！笨阿虛，你很煩吶！」

春日擺出眼睛與嘴巴扭成倒三角、靈活得不可思議的表情——

「你和古泉乖乖待在這就好，後面的事情我和實玖瑠會搞定。」

她伸手扣住朝比奈學姊的纖腰一把攬過來，意有所指的一笑。

「呀！」朝比奈學姊彎腰弓背，整個身子失去了平衡。

春日和身穿女侍服的高三新鮮人臉貼臉，惡狠狠地攫住我的眼。

「聽好了！一見到有趣的傢伙接近就趕緊逮住、抄下班級與名字，然後努力推銷。還有，我們不是影研社，對那邊有興趣的統統趕走！」一吩咐完，春日就扮演霸氣的護花使者，架著朝比奈學姊展開周遊中庭之旅。

「唉唉唉。」

我聳聳肩，拔起地上的ＳＯＳ團標語牌，藏在椅後，再將有調和沒調一樣的螢幕解析度調到最大，看起播放的影片。

那部影片不是別的，正是名為「長門有希的逆襲Ｅｐｉｓｏｄｅ００預告篇」，明眼人一看就知道是浪費無謂的電力、器材與數位檔的短片。

儘管新學年新學期開始前有一段不算長的春假，不過想當然爾，春日不是那種會乖乖等到新學年造訪後才來作怪的人。

我猜差不多在球技大賽和阪中愛犬事件落幕後，她就開始擬定計畫了。比起寒暑假，春假能搞的名堂相對少很多，可說是一段最適合好好悠閒一下的假期，偏偏ＳＯＳ團團員照樣天天被徵召，只要春日一想到什麼，我們就得像戰斧飛彈火速趕到她指定的場所巡航。

結果還真去了不少地方。結束古董店之旅，跳蚤市場也逛完後，回程又繞到阪中家拜訪，逗盧梭開心，接下來又受邀參加鶴屋家於廣大庭園舉辦的大型賞花大會，啊～真的很開心。當鶴屋學姊彈彈手指頭，如小山高的宴會料理就接連不斷從主屋端出時，著實把我嚇傻了。

總之呢，春日這個人是有約必赴，沒人邀她也照去不誤。初春的大氣用力吸飽，就使喚我們東奔西跑。至於為何跑到一半沒岔氣，也沒什麼好不可思議。

這當中，讓春日投注最多熱誠的，就是去年校慶時上映的「朝比奈實玖瑠的冒險Ｅｐｉｓｏｄｅ００」的續篇。我一直以為是副標題的部分原來是主標題，一度令我滿震驚的；而春日會性急到還沒升上二年級就開始著手準備下學年的校慶活動，更是出乎我的意料。

就這樣，春日再度拿起擴音器，戴上新做好的臂章，將沉睡在社團教室一隅的攝影機塞給我後，開始一件件剝光朝比奈學姊。我和古泉不囉唆，馬上跑出教室。

雖然片名上掛頭牌的是「長門有希」這個角色，但是春日屬意的主角仍由「朝比奈實玖瑠」繼續擔綱（主角不是「古泉一樹」嗎？）。由於實玖瑠的真實身分是來自未來的戰鬥女服務生，所以朝比奈學姊換上那套暴露的戲服，對春日大導演而言是最早也是必經的流程。接下來，她又命身穿制服的長門穿戴尖頭寬邊帽和黑色斗篷、拿著附有星星記號的指揮棒，再令古泉拿反光板。

天公也相當作美，拍攝短片時正值入春後櫻花盛開，和前作結尾剛好接得上，不會青黃不接。說到這，真不禁要為被迫一年開兩次的河岸櫻花樹掬一把同情之淚。

可是——為什麼是「預告篇」？對此，在春假期間將我們叫到社團教室集合的春日，是這麼解釋的——

「我問你，你有沒有被預告騙過？」

什麼預告？我反問道。春日說：

「電影預告啦！電視或戲院不是常會播放下一部檔期的電影預告嗎？看了之後不是都會覺得：『哇！好像很好看。』滿心期待跑去看後，才發現那部好像很有趣的電影令人大失所望。我舉個例子喔——」

其實不用舉例我也懂，但春日還是說出了昔日一部我也知道的洋片片名——

「看了那部片的預告後，真的會覺得那是一部能讓人笑得很開懷的歡樂電影。事實上，好笑的只有廣告片中剪接出來的部分，我就笑了好幾次。所以啦！我就雀躍的跑去看首映了。」

春日誇張搖了搖頭，繼續說：

「結果一點也不有趣。因為那部電影有趣的場景全被抽出來，剪接成那部預告片了。要是笑點在電影上映前就全看過了，而且有趣的場景就只有那麼一滴滴的話，你會怎麼想？」

妳跟我抱怨也沒用啊。對那部片有意見就打電話給片商。他們一定有負責預告片的部門，要怪就怪那個部門的員工太有本事了。

「就算是為了宣傳，將所有爆點全剪輯出來也實在太那個了點。所以了，阿虛！」

春日閃動著有如將天上的銀河全閉鎖進來的星眸——

「你先把預告篇做出來，本篇以後再慢慢拍！預告用短片用膝蓋拍也能拍得很有趣。反正又不用拍完結局，只要端出牛肉誘惑一下觀眾就行了。好了，就這麼辦。」

這就是何以本篇並不存在，預告片卻先拍出來的來龍去脈。加上二部曲的故事梗概，春日也尚未擬定出來，但她又打算利用那部片子的影像作為吸引新團員上勾的誘餌之一。問題是最重要的本篇還沒生出來啊，怎麼辦？嗯——有了，先拍預告篇吧！

說穿了，春日的思考迴路就如正中直球。也可以看出她尚未捨棄追加燒錄「朝比奈實玖瑠的冒險Ｅｐｉｓｏｄｅ００」製成ＤＶＤ大發利市的野心。其實將前作的精華版剪輯一下就可以播出了，但她好像認為給別人瞄一下會少塊肉似的。或者她另有打算——想看的人就得入團？在那種條件下看電影只會越看越頭痛吧。雖說朝比奈學姊的宣傳帶有一百二十分的水準……

我瞥了一下專程帶到戶外來的螢幕，屁股移坐回原來的椅子。

在畫面上勉強撐場面的影像，說好聽點是諧擬作品；講難聽點就是場景東剽西竊大遊行。像是有希對著高舉會發出日光燈般朦朧光線的棒子的一樹，莫名其妙冒出一句：「我是你的母親。」；或是有希戴上眼鏡時是一般人，一拿下眼鏡就馬上變裝飛上天空、還有拖著黑色棺材行走在荒郊野外的畫面；後面大概是變不出花樣了，只好讓三味線和實玖瑠玩起人格切換，朝比奈學姊「喵～喵～」直叫個不停，三味線的聲音則是由春日配音，嘴唇的動作與台詞自然是搭不起來……不，正確說來是三味線根本沒開口——全是此類噱頭不少，實際上卻是根本沒看頭的場景堆砌而成。雖然舞台和演員不停切換，節奏感卻差得要命，這全要怪剪接師太沒品味。最後面的特攝畫面也做作到極點，隨意插入的配樂更是直逼噪音的領域。

居然也加入了無需登場的鶴屋學姊身穿和服，站在日式豪宅庭園的櫻花行道樹前落落大方「哇哈哈哈哈」直笑的場景，更好笑的是我家小妹也在場，和三味線嬉戲的鏡頭活脫像是在拍家庭錄影帶。其實那只是順便將賞花當天拍下的無意義景象剪進去而已。這單單只是一堆垃圾影像，根本不配稱作無釐頭電影。用不著重看也知道比第一彈還爛。單就女服務生打扮的朝比奈學姊飛過來跳過去這一點而言，稱得上是相當成功的朝比奈個人宣傳活動，問題是會有多少人注意到這是電影的預告篇？假如沒有春日加在最後面的旁白：「長門有希的逆襲！定於今年秋天校慶盛大上映！」那句吶喊的話。

可以問一個問題嗎？在上一部作品中，被轟往浩瀚宇宙另一端的有希，究竟是如何重返地球的？

「那個我接下來會想。新的敵人也是！」春日超級大導演如此聲明。

換句話說，她根本還沒想。這已不是未安檢就發車的危險行為，而是詐欺行為了。看了這種爛片還有興趣過來瞭解的一年級新生，我寧願全部勸退。

被春日的旗袍裝或朝比奈女侍裝給迷得團團轉的庸人俗才也是。

就這樣，在中庭探頭探腦的一年級新生之所以能脫離中學生身分、擺脫義務教育，似乎不單單是制度上的問題。他們對於我和古泉引頸企盼，無精打采並排坐著的桌子只肯遠觀，壓根都不想靠過來。

你們的判斷睿智好比早一步從沉船逃出去的老鼠。健康又正常的高中生活有多麼幸福，把這裡擠得水瀉不通的少年們是不會知道的。但是我知道，我也不會吝惜，願意傾囊相授。這個年紀的一年之差，就好比鳳蝶的四齡與五齡幼蟲的差別。即使好玩，也不可以在疑似地雷區的草原上行走。人，就貴在懂得明辨。

我將春日策畫的垃圾影像音量關小，又轉過頭去看。

「…………」

長門有如進入省電模式的筆記型電腦待命中的桌子，也沒有別的人影靠近。真不知該代春日高興還是難過，很明顯對創作性文藝活動有興趣的一年級新生尚未登場。

文藝社去年度唯一舉行過的活動，在古泉幕後操盤、會長陰謀推動下，完完全全掉進陷阱裡的春日指揮我們完成的社刊，竟一不小心全都贈閱出去，一本也沒剩，只剩長門桌上那本供人閱覽的樣書。包括我在內，寫稿同志們雖然都拿到了一本樣書，由於實在太珍貴，大家都沒有意思捐獻出來，誰也不肯放手。谷口那痞子！之前還猛抱怨個不停。

因此——假如有沒看過的人想看社刊，就只剩平常都收在社團教室裡長門文庫中的那本樣書可看了。

當我怔怔望著對手邊的書籍有著無止境探求心的長門時——

「…………」

長門緩緩抬首，發出無色透明光的眼眸直望著我。由於她的動作實在太自然，我們四目相對了好一會，我才發現。就在我回魂後——

「貓。」

微風般的聲音自長門的唇瓣流瀉而出，我花了整整一秒才察覺。我承受長門那有如直尺般筆直的視線，開口問道：

「貓怎樣？」

「如何。」

「什麼如何？」

長門沉思了一會，但完全沒有變動頭部的位置：

「如何了？」

雖然她只是將剛才的對話修飾成疑問句，但這回我聽懂了。

「妳是在問三味線的近況？」

小小的頭顱點了點。

「對。」

「牠好得很。現在都沒再講人話了。」

「是嗎？」

吐出那兩個字後，長門又埋首書中。

妳是在擔心我家那隻會聽人話的花貓嗎？也是啦，讓那個來路不明的那個……那個叫什麼來著……名稱不再講一遍就想不起來的那個共生體，寄宿在三味線身上的是長門妳嘛。

總之，在那之後，我家的家貓除了飼料吃太多加上運動不足稍微發福之外，沒有什麼變化。自從春日撿到，塞給我照顧後，牠就充分享受當一隻貓的生活。

「空掛煙景貓肥春」——我腦中突然閃過這麼一句季節問候語。春假時我也好希望能像貓咪一樣閒散。

「這個春假的確是過得匆匆忙忙。」

古泉以喟嘆的語調說道。

我見他的視線游向了虛空，只當他是在自言自語，不予理會。

「你不這麼認為嗎？」

聽到他的詢問，我才注意到古泉面向我浮現的笑容——是我的眼睛花了嗎？看起來有些許疲倦。

古泉緩緩撩撥瀏海——

「沒有。你的眼睛很正常。沒錯，我覺得有些累了。」

大多數的正常人和春日來往都會覺得累。

「我不是指那種累。還記得我的真實身分和任務嗎？我是為何而來，又為何而在？請你由最基本的理由想起。」

一開始是監視春日，現在則負責拍馬屁？

「請容在下提醒你，可別忘了我是位超能力者。還有——我的能力是在何時、何地、什麼人在什麼樣的狀態下才能發揮，也請你別忘了。」

某人三不五時就會提醒我，我當然記得。緊接在長門和朝比奈學姊之後，你也跟我坦承身分了嘛。就SOS團團員而言，你的個人資訊算是最新更新的。

「那就好。這樣解釋起來就輕鬆多了。」

古泉刻意吁了一大口氣以示安心，壓低了音量：

「其實我這陣子一直睡眠不足。往往到深夜甚至天快亮仍然無法安眠。這可由不得我作主。我的體力大不如前都拜此所賜。」

晚上睡不著，白天在學校睡不就得了？聽說在課堂上小睡五分鐘，相當於正常睡眠時間的一小時喔。

「我不是失眠。況且問題也不是出在我身上。相信你也注意到了。畢竟我們倆不是一天、兩天的交情，要拐彎抹角兜圈子等改天聊到別的話題再說吧。」

古泉瞇細的眼底潛藏著難得的嚴肅。明明每次講話喜歡迂迴繞行的人是你，你總算也曉得「他山之石可以攻錯」了嗎？真拿你沒辦法。我們認識的確不是一天、兩天的事，只是跟長門或朝比奈學姊相比，你實在沒有她們讓我信得過。

「跟閉鎖空間和《神人》有關嗎？」

能讓古泉的超能力長才有所發揮的，大概不出那兩樣。

「完全正確。這陣子出現的頻率高了很多。自春假過後到目前為止……正確說來是從春假最後一天開始。所以我目前的兼職可說是進入二十四小時全天待命的狀態。」

他自我解嘲的嘆了一口氣之後，如此說道：

「其實我早該習慣了。畢竟擊退《神人》對我們有如家常便飯。也可以說是義務。問題是過去一年來我的本領衰退許多。去年的涼宮同學在成立SOS團之後，她的精神狀態就有了飛躍性的穩定。尤其是你和涼宮同學從那裡回來後。」

閉鎖空間的出現頻率減少一事，聖誕節前我就聽你說了。差不多就在聖誕佳節將近，谷口跟我炫耀他交到女友的那個時候。

那陣子春日是頗為安份，另一個傢伙卻開始作怪……

「不對，等一下、等一下。」

我嗅到了一絲不尋常的氣息。

「古泉，你也看到剛才的春日了。她小姐可是開心得不得了。就物理學上的觀點而言幾乎可算是腳不著地了。我好像還看見了那女人的室內鞋上長了翅膀。再說——那個愚蠢的異空間和藍色巨人是在那女人壓力太大無從發洩時才會爆開來的吧。可是春日這陣子活躍得很，不煩也不悶，那樣實在說不通啊。」

「的確——在我看來也認為涼宮同學元氣十足，不會閒到沒事做才對。所以在下才要請你回

想一下，春假最後一天到底發生了什麼事。」

我是從剛剛就在想啊。

「你內心難道真的都沒有底？不可能吧。要真是那樣，一定有什麼事你還沒想起來，而且是相當重要的事。」

古泉聳聳肩，像是主持人對愚昧的答題者提出最後提示：

「春假最後一天。涼宮同學的情緒在無意識中產生了變化就是在那天。請問，那一天發生了什麼事？」

又是無意識？這春日的無意識與古泉偽精神科的故弄玄虛總是叫人頭痛……

「就是去跳蚤市場那一天嘛。春日說下次想參加跳蚤市場，我們就一起搭電車到鄰市的鄰市去見習……」

「我說的是在搭電車之前。那才是我要你回想的時間點。」

你煩不煩吶？

我閉上眼，思緒再度划向回想的大海。

春日提及露天市集和跳蚤市場怎樣又怎樣，是在春假期間，我們被火速徵召到社團教室準備進行電影第二彈預告篇的拍攝工作的時候。

朝比奈學姊一身女服務生打扮，長門穿戴上占卜師兼魔法師專用帽和斗篷，春日讓兩位像在舉行開鏡造勢活動的要角排排站，手拿黃色擴音筒擋在前頭，並且回頭朝向自動自發跑出社團教室又跑回來的我和古泉說道：

「你們覺不覺得這間教室的東西增加太多了?我找好久都找不到之前做好的導演臂章。可能跟其他雜物混在一起了，我們是不是該整理一下了?」

像烏鴉一樣專叼一些用不上的東西回來放的大多是妳吧。長門的私物主要是書，朝比奈學姊是茶具和茶葉，古泉是LKK遊戲一堆，至於體積龐大的物品就一定是春日帶來的。

春日重重落坐在團長專用椅上說道：

「我這個人啊，只要看到路上有人發傳單一定會去拿。喏，之前剛好拿到這個，一直忘了跟你們說。」

她從桌子裡取出一張紙。

「這是跳蚤市場的通知單。地點是遠了點，不過坐特快車去的話差不多十五分鐘就到了。如果可以真想現在就去申請擺攤。可惜我們現在有很多事要忙，申請的審查也需要一段時間。」

我們會有這麼多事要忙，還不都是妳去找來的。

我取走春日手上搧呀搧的傳單，回自己座位看。跳蚤市場啊。在這個時期舉行跳蚤市場，

難免不想到庫存清倉大拍賣。

在我打量那張點醒了春日好玩的新去處的紙時——

「請喝茶。」

我的茶杯被輕放在眼前的長桌上。

朝比奈學姊真是太棒了。即使穿著拍電影用的女服務生戲服，端茶水時絕不會忘記的那份謙恭笑容與溫柔舒緩了我的淚腺。偶爾不是女侍，而以女服務生的裝扮倒茶水也是很新鮮……這才是學姊的天職啊。一般說來，女服務生是不會跟外星人格鬥的。

「呵呵，其實啊，這套服裝只要不穿出門也是挺可愛的。」

朝比奈學姊似乎頗在意裙襬的角度，小心的移動腳步，再開心抱著托盤小跑步奔向陶壺和茶杯的擺放處，倒好茶後再一一端給大家。讓全校的朝比奈粉絲垂涎不已的丫鬟扮相，全世界之大也只有文藝教室看得到。扮成小魔女埋首看書的長門也是絕佳的附贈美景。真想將此情此景用照相機拍起來留念。

就在我浸淫於療癒眼睛與喉嚨的渴望工程時——

「等一下，阿虛！」

五秒鐘就將茶喝光的春日，將茶杯重重放在桌上站起來。這女人真是有夠忙。

「雖然這次來不及參加，下次也可以帶商品去擺攤啊。趁現在開始物色家裡的壁櫥，看有沒有什麼東西家裡沒在用，又能賣得好價錢的，統統先準備好。應該有一兩樣吧？不會再用到，丟了又可惜，收著跟棄置沒兩樣的收藏品吧？或是送的但還沒開封的贈品也可以。」

我小時候有抽到一項雜誌贈品，是看都沒看過的卡通機器人模型套組，那個也可以嗎？我收到一大箱，但是組裝太麻煩了，就擱著連動都沒動。

「可以啊。」

春日搶回我手上的跳蚤市場傳單，慎重其事地折好。

「模型套組一定也會想：與其讓你這種笨人組裝，不如送給模型達人來得幸福。」

講這樣。那妳何不乾脆捐出從電研社巧立名目搶過來的筆記型電腦，那種東西絕對會比兒童取向、難易度低的模型更能賣得好價錢。

「那是很重要的物資耶！說到這個，也差不多該叫電研社來升級了喔？」

春日下一個矛頭又轉向兩手捧著茶杯呼呼吹的朝比奈學姊。

「實玖瑠家裡也有很多寶可挖吧。我看妳好像常去逛街買東西，舊衣服或買來養灰塵的餐具應該不少吧。」

「啊，我想想……」

朝比奈學姊睜大了美麗的雙眸：

「是、是啊。我常常覺得東西好可愛就不知不覺買下來了。不過回家試穿後才發現不合適，不然就是穿起來怪怪的……咦？涼宮同學，妳怎麼曉得呢？」

「一看就曉得了。每次和妳走過店門口，就看到妳眼睛發亮，嘴裡直說：『我下次要來買這個！』不斷發出渴望擁有一支小喇叭的小朋友電波。虧妳存得住零用錢。」

朝比奈學姊驚顫了一下，不過春日早就又將矛頭轉向別人：

「有希家也有很多書吧。在跳蚤市場擺舊書攤也不錯。這間社團教室的書架快要塞爆了。地板也是，你們看。都被壓塌了。」

「……」

長門緩緩側首，看了看春日，又回過頭去望了望書架，最後瞥了我一眼，繼續看她的書。

我不認為長門會捐出自己的愛藏，況且她家裡的書也沒有很多……應該說是除了書什麼都沒有吧——當我在腦海裡更換說詞時……

「阿虛，到時帶輛手推車去有希家載。順便幫她裝箱。」

長門再度轉頭注視我，我彷彿幻視到了她眼底浮現的訊息。那是什麼時候來著？啊，就是中河那呆子打電話給我那時，所以是寒假期間。社團教室年終大掃除時，書架上塞爆了的書本，長門一概沒有處置。她放在自家的書想必也是一本都捨不得割愛。

「說得也是。」古泉一手拿起茶杯：「特地拿到學校來，結果連個捉對廝殺的對手都找不到的遊戲，正好藉此機會將它們從我的收藏中淘汰也不錯。」

拜託你不要邊說邊擺苦瓜臉給我看。

春日好整以暇跳坐上團長桌。

「那事情就這麼說定了！大家將春假最後一天空下來，一起去實地勘查跳蚤市場。途中看到有趣的，就用社團經費買下來！」

相信不用我說，大家也曉得春日口中的社團經費不是ＳＯＳ團的，而是文藝社分配到的那一份吧。

——大致上就是這樣。

在學校特地關門、讓學生放大假的日子，春日卻連睡覺睡到太陽曬屁股的恩惠都不肯施捨一下，率領ＳＯＳ團到處去走走看看，就連春假最後一天也預約好要去御用集合地點——站前廣場集合……

「總算回想到那裡了。我還真怕是不是有人將你的記憶給消除了。」

消除我那天的記憶，對誰有好處？

「是好是壞很難界定，可以的話，我倒是很想消除。」

好怪的一番話。我完全沒有讓古泉操控記憶的理由。何況——若真能辦到的話，第一個就

該找春日的頭開刀。

「閣下所言甚是。」

別說得那麼懊惱。再說因春日而懊惱，未免太浪費人生了。

「話可不能這麼說。涼宮同學的煩惱，同時也是我的煩惱。」

古泉稍微認輸了似的攤攤手，我再度划向回想的大海。

跳蚤市場行當天早上，我被鬧鐘的怒吼吵醒，掙扎著下了床。

所謂「後腦杓的頭髮被拉扯」（註：喻戀戀不捨的心情）就是這種感覺。離開溫暖的被窩，只有自己得起床實在是很討厭，但是看到貪睡的三味線酣睡的面容，實在不忍心將牠拉出毛毯外，我就一個人孤零零的下了樓。

探了探廚房——

「啊，阿虛！腳——安。喵味呢？」

老妹嘴裡塞著烤好的吐司詢問我。

我打開冰箱，取出寶特瓶裝麥茶，倒入杯子一口飲盡才說：

「在睡覺。」

「你的吐司要不要烤?啊，有荷包蛋喔!在碗櫥裡。」

「麻煩妳了。」

我丟下那一句，走向盥洗室。回來時，老妹已將吐司放進烤麵包機，把盛著火腿蛋的盤子放進微波爐。她不是特別有服務精神，只是覺得操作這類機器很有趣罷了。

附帶一提，明天我妹就是十一歲的小六生了，她今天的預定行程是去美代吉家玩到晚上才回來。現在也是一副小妹妹的外出打扮，靜候看不出是同年齡同年級的朋友來家裡接她。

不過說到那個美代吉，約莫三天前，我在路上偶然遇到她，還真嚇一跳。才多久沒見而已，就出落得更亭亭玉立了。和我妹走在一起，一定會被誤以為她們是五姊妹中的長女和么妹。她到底都吃些什麼東西?發育和我妹差好多。

說真格的，美代吉若是我妹，肯定不會擅自闖入我房間，也不會未經過我同意就拿走我的東西，早上也會用更優雅的方式叫我起床，亦不會追著被她摸怕了的三味線跑。為什麼我不是美代吉的哥哥呢，越想就越——

「拜託別再炫耀你的女友了。」

古泉將落在眼前的櫻花花瓣一片片撿起，自以為是的說道。

「有吉村美代子同學當妹妹或許很幸福。不過就另一個觀點而言，令妹的素質也不在話下。只不過我們現在討論的重點不是她們兩個。請你再詳述一下好嗎？總之就是你從自家出門後到集合地點之前的事。」

你這番話真不中聽。那是你沒看到美代吉本人才會如此冷淡處理。

算了。既然你對我的高一春假最後一天的回憶錄如此有興趣，我就成全你。可是我說古泉，你當時不也在場嗎？發生了什麼事你不也很清楚？

「我對自己的事沒有興趣。」

古泉以指尖撫著花瓣——

「畢竟那不是我所關心的。真要我說關心自己什麼，我倒是對我在你眼中是什麼形象頗為在意，不過那些事無關緊要。」

最後彈落淡粉紅的花。

「請繼續。」

一如往常，我踩著腳踏車朝站前飛奔而去。

ＳＯＳ團集合規章第一條——最後一個到的人要請客——的咒縛仍然有效，以致於我到現在還沒被我以外的人請過客。偶爾真想讓被請的那一方——尤其是讓春日請一次客的想法，也總是激勵我的腳程加快，但不知為何，春日的時間總是算得嘟嘟好，每次都比我早一步抵達。那女人該不會真的躲在某處監視我吧？

我一邊思忖著，一邊循著站前馬路來到停車場尋找空位時，背後有人出聲叫我。

「嗨，阿虛！」

「哇！」

那個聲音近得意想不到。真的就是貼在你身後。愣愣牽著腳踏車的我在聽到的瞬間，嚇得雙腳一蹬從地面彈到天上也不無可能。

我反射性回頭，見到聲音的主人，在大腦反應前就先開了口。

「什麼啊，原來是佐佐木。」

「哪有人這樣打招呼的，真沒意思。也不想想我們多久沒見了。」

佐佐木此刻也牽著腳踏車的手把站著。臉上掛著一抹與語氣截然不同、包覆在柔軟皮相下的微笑。

「對了，阿虛。前陣子須藤打電話來，他想辦國三同學會。雖然他沒有明講，但從他的弦外之音加上幾則旁證，足可證實他對當年某位女同學難以忘情。根據在下的推斷，須藤迷戀的對象很可能就是考上女校的岡本同學。你還記得她嗎？頭髮翹翹的，參加新體操社的那個可愛女

生。須藤想在今年暑假辦，問在下的意見，在下爽快地答應了。事實上，在下去不去根本無所謂，你呢？」

有人要辦，那就去啊。想想是有幾個在校時跟我還不錯，畢業後卻沒再見面的好同學。那個臉長什麼樣子想不起來的岡本，她隔壁的座位到時就留給須藤吧。

佐佐木嘴角撇了撇，綻開獨特得難以形容的微笑說道：

「就知道你會這麼說。可是阿虛，自你國中畢業後就沒再見過的同學中，在下也是其中之一吧？事實上，打從領到畢業證書的那一天之後，我們整整一年沒見過面了。」

佐佐木一隻手放開手把，像是要示意時間過了多久，將手掌翻了個面。

「阿虛是讀北高吧？怎麼樣？高中生活還愉快嗎？」

愉不愉快實在很難評斷。起碼現在的我沒有不愉快，甚至還覺得很好玩。只是要分享我在北高這一年匪夷所思的生活會花上不少時間。

「那很好啊。在下就沒什麼好講的。並不是高中生活多無趣，只是在下就讀的那所高中沒有發生撼動物理法則的事。」

沒有才好。要是每一所高中都發生那種事，恐怕還來不及覺得有趣，全國就陷入大恐慌之中了。

我仔細端詳這位昔日同班同學的臉龐，想找出和國中時期不同的部分：

「佐佐木是唸外縣市的私立學校嘛。記得是有名的升學學校。」

佐佐木又換了一個笑容。

「原來你沒有完全將在下的資料忘掉，在下真是鬆了一口氣。沒錯，所以在下正拚命跟上課業的腳步。就像今天——」

說著說著，指了指車站的方向。

「在下也得去補習班報到。還要坐電車去。好累，有種為了念書而念書的感覺。一點也不像在放春假。而明天又得長途跋涉搭電車上下學，再沒有比客滿的電車讓人更難習慣也不想習慣的東西了。」

聽起來和咱們家北高的登山陡坡有得拚。

「爬坡對健康有益，有什麼不好？在下就很羨慕須藤讀市立學校。」

不知道在笑什麼，佐佐木發出我模仿不來的「咯、咯、咯」低笑聲：

「對了，阿虛。你來本地的私鐵車站是要做什麼？假如你要搭的車和我同方向的話，要不要一起坐？有些心裡話也想跟你聊聊。」

我看了手錶確認一下時間。要命，離集合時間只差三分鐘。

「佐佐木，不好意思。我和朋友有約。其中一個很討厭人家遲到，萬一我遲到了，會死得多慘連我自己都不曉得。」

「朋友？高中的嗎？喔～這樣啊。那你快點將車停好。啊，請勿擔心在下。在下每天早上都得來這停車，所以跟付費停車場簽了包月租約。至於我的停車格在哪裡——」

佐佐木很快就將自己的腳踏車停進旁邊的自行車停車格，鎖好後看了我一眼：

「就是這裡。阿虛，在下能不能過去跟你的朋友見一下面？你的朋友就等於是在下的朋友。希望有此榮幸認識認識你的新朋友。」

認識他們真的沒多大好處。不過既然佐佐木都這麼說了，我也不好拒絕。雖說介紹他們認識，對佐佐木的黑白人生不見得會增添多少色彩，不過能藉此讓佐佐木見識見識朝比奈學姊的嬌俏可愛，儘管功勞不在我身上卻覺得相當自豪。

我找到停車場的空位將腳踏車停進去，投零錢時，佐佐木已提著肩背包跟上來。我們邊走邊聊國中時代的林林總總，來到SOS團御用集合地點站前廣場時——

「阿虛，你一點都沒變。」

佐佐木喃喃自語道。

「是嗎？」

「嗯，這樣在下就放心了。」

我有什麼好讓人放心不下的？乍看之下，佐佐木自己也是完全沒變啊。

「是嗎？那在下不就等於完全沒成長？假如測量身高體重的數據足以採信，肉體的數值應該多多少少會有變化才是。」

我自己也是稍微長高了一點。

「抱歉，在下不是那個意思。外觀只要想改變就能改變。比方頭髮留長或是剪短，給人的印象就會大大不同。無法輕易說改變就改變的是內心。不管是變好或變壞。假設人的意識是寄生在物質上的話，只要構成物質別差太多，想法或對事物的見解就不會相去太遠吧。」

這番話叫人莫名的懷念……我想起來了！沒錯，佐佐木在國中時代就是會聊這種複雜話題的人。

「或者是──」

佐佐木邊走邊繼續說：

「只要沒有造成想法全面翻盤的聖保羅式、或者哥白尼式轉變的話──世界的變容就等於價值觀的變容。也可說那就是一切。這是因為人類絕對無法正確理解超出自己認識能力的事物與現象。雖然我們的眼睛看不到紅外線，蛇類卻擁有能感測到熱能的第三眼（註：在蛇的眼睛與鼻孔中間有個頰窩，具有紅外線感測的功能，又稱為「熱眼」）。我們的耳朵聽不到某個周波數以上的聲音，犬類卻聽得見超高頻的音波。儘管人類看不到也聽不到，紅外線和犬笛的聲音確實是存在的。只是我們感知不到而已──這麼想就對了。」

佐佐木或許很適合來念北高喔。我們學校裡頭就有一個調性和佐佐木很合的。正好，那小子現在應該在我們約好的集合地點等了，就趁這個機會介紹你們倆結為知交如何？

在我如此提議時，不知不覺我以外的ＳＯＳ團全體成員已在眼前。

「你可知道，你帶來的是什麼樣的人物？」

古泉的語氣聽來有些稀釋過的淡淡責難色彩：

「就某方面的意義而言，對方的調性的確是和我很合、能夠相談甚歡。可是實質上，我連這號人物的腳邊都沾不上。我們的立場差太多了。正因為我相當清楚自己的界限，所以讓我羨慕又不得不宏觀去接受的人並不在少數。話說回來，你也是其中之一。」

就算你給我戴高帽，我也不會像岱爾菲的女祭司一樣告知你神諭喔。（註：Delphoi是希臘神話中世界的中心點「大地的肚臍」，位於雅典北方約一七〇公里處。傳說此地的阿波羅神殿預言靈驗，古代君王舉兵之前均會到神殿跪求神諭。）

「這我知道。沒有比不可抗力更可怕的事了。儘管眼睛看得到、耳朵也聽得見，還是無從抵抗那種可怕的力量。」

佐佐木的確是號人物，國三和佐佐木同班了一年的我當然知道，但是古泉居然也知道就教我意外了。

「沒什麼好意外的。你也曉得『機關』早對你做過一番調查。自然是從你呱呱落地那一刻起，整個成長過程都調查得一清二楚。最後，我們得出了一個結論：一般而言，你稱得上是普通人。」

謝謝你喔。不知貴組織會不會發給我保證卡？

「如果你想要，我們也可以發給你。不，我是開玩笑的。但接下來可就不是玩笑了。你在國三時和佐佐木同學同班，並且成為交情不錯的摯友——當我知道你們有這層關係時，你可知我的心境？」

是怎樣的心境？

古泉以朗誦詩詞般的聲調說道：

「你的朋友佐佐木同學，照我們對一般人的分法而言，很可能不是一般人。此人具有粒子般的振動與波動的性能，就像光一樣。」

這是不是不可抗力我不曉得。但我對「偶然」這個詞已經聽膩了。對光持有的雙重性質，更是希望一輩子都與此無緣。

總之當時，我是和佐佐木一步步走向站前，再雙雙停在老地方。

熟悉的地點、熟悉的四人組。三位穿便服，一位穿制服。

然後——是團長每次都會來上一段的感人訓話：

「你好大的膽子，又遲到了！提醒你那麼多次，最後還是超過時間！你是春天到了，人也變懶了嗎？阿虛啊，你要更加珍惜分分秒秒啊。你的時間可不只是你的時間，連我們在這等你的時間也跟著浪費掉了。所以，你遲到的時間要加算罰金！雖說逝去的光陰無可取代，至少你也要拿出誠意來慰勞一番，讓我們烏雲密布的心情徹底放晴！」

春日一口氣叨唸完畢，大大深呼吸之後，才用詫異的眼光看向我的鄰人。

「那是誰？」

「啊，這位是我的……」

我正想對大家介紹時——

「摯友。」

佐佐木擅自替我回答。

「啊？」

見到春日瞪大眼睛的反應，佐佐木先是微微搖了搖頭，再點頭說道：

「國中時代的，而且只有國三那一年。或許就是因為這樣，感情才會淡薄到畢業後一年都未曾聯絡。不過我們兩個都是如此，誰也不能怪誰寡情。不過——儘管是闊別一年後才重逢，一見面就捨棄客套話，天南地北聊個不停，正是摯友最好的證明。在下的摯友就是阿虛，對阿虛亦如是。」

就親密友人的定義而言，或許我們真的稱得上是摯友。在學校時，我常和佐佐木黏在一起，出校門後打照面的次數也比其他同班同學來得多……的樣子。一想到這──

不知怎麼的，我的心情突然變差了。我先聲明喔，我不記得曾做過被人在背後指指點點過的事，也根本沒做過。可是聽到我身旁的佐佐木說我是摯友，然後又瞄到春日臉上微妙的表情時，我就有種明知五分鐘後將有大雷雨襲來，卻沒帶傘就出門走了三分鐘的心情……這是為什麼呢？

現在回想起來才發現，朝比奈學姊那易於受驚的眼珠眨眼頻率增加了，古泉也是臉色凝重，手指撐著下巴。身穿制服佇立在一旁的長門牌撲克臉看似沒變，或許是因為在當時我只注意春日的表情。

我的鄰人有了動靜。只見佐佐木走出半步，嘴唇彎成弦月形，面帶微笑的伸出一隻手，要和春日握手。

「敝姓佐佐木，閣下就是涼宮同學吧，久仰、久仰。」

春日朝我看了一下，我宛如陰錯陽差被通緝的冤獄犯連忙跳出來解釋：

「我從來沒有將妳的惡行告訴這傢伙喔。佐佐木是怎麼認識春日的？」

「住在同一個地區，或多或少都會聽到風雲人物的傳聞。畢業自我們母校進入北高就讀的學生，又不只有阿虛你一個。」

譬如國木田嗎？

「他也是。他最近還好嗎？他現在應該很輕鬆吧。他可以考上更好的學校，卻故意選填縣立學校為單一志願，真是個怪人。」

佐佐木很快為昔日同窗下了個評語，再度轉向春日。

「阿虛在北高似乎受到妳不少照顧。往後也請妳多多關照。」

伸出的手動也不動，臉上的笑容緩緩漾開。

對於佐佐木的歐美式招呼法，春日的表情活像是誤將棋子當作是巧克力放入口中似的，最後還是回握住那隻手。

「請多關照。」

握住的手並未上下晃動，直視佐佐木的眼睛說道：

「看來我不用自我介紹了吧。」

「是的。」

佐佐木笑嘻嘻的回視春日，發出類似雨蛙出生後第一次發出的聲音，笑了一下。

「那邊那幾位是？」

依依不捨放開春日的手後，佐佐木的視線朝左右飄了飄。

或許認為介紹團員是團長的職責吧，春日連珠砲似的開始介紹：

「那位小可愛是實玖瑠，穿水手服制服的那位是有希，這位則是古泉同學。」

而一個一個被指出來點名的成員們——

「啊、啊，我是朝比奈實玖瑠。」

身穿一襲只要貼上「朝比奈系」的標籤，訂單馬上就會紛湧而至的春裝，唯一一位學姊雙手拿著小包包，慌亂點頭致意。

「敝姓古泉。」

副團長儼然成了新川先生修行中的入門弟子，慇懃萬分地鞠躬行禮。

「…………」

校內校外穿著沒兩樣的制服版長門依然紋風不動。

或許是嫌麻煩吧。佐佐木聽了三人三樣的回應後，並未跟團長以外的人握手，只說了句：

「幸會。」

接著就以饒富興味的眼光打量三人。

朝比奈學姊有些不安，古泉往常的笑容又回到了臉上，長門則是以有如剛從深海汲取上來的海水般的目光，朝佐佐木行注目禮。

佐佐木像是要在腦中記下三人的長相與名字，佇足了好一會，轉身面向我說：

「阿虛，在下要搭的那班電車發車時間快到了。先走一步，我們再聯絡。再見。」

俐落的揮揮手，再度對春日微微一笑，朝剪票口快步離去。

那傢伙也太瀟灑了吧。我呆若木雞的目送佐佐木直到背影消失。

難得闊別重逢，卻沒聊到什麼有營養的話題。我看照這情形下去，搞不好下次重逢又是一年以後。

沉默了數秒鐘後，春日開口了：

「你朋友有點怪怪的。」

妳會覺得怪怪的，那就是相當怪了。

春日的視線自剪票口移了回來。

「阿虛，你那位朋友一直都是那樣的人嗎？」

「是啊，完全沒變，不管是外貌或個性。」

「哦～？」

春日歪著脖子，一副像是要讓腦中臨時想起的事全從耳朵倒出去似的。不過她很快就放棄，修正好頭部的角度，跳著跳著將身體轉向。

「算了，那不重要。現在就去咖啡廳讓阿虛請客吧。你有多帶一點錢吧？要是在跳蚤市場挖到寶，不一一買下來怎麼行。」

綻放出明亮得和電器行日光燈賣場有得拚的燦笑，春日帶頭走了出去。

唉唉唉。妳要我提行李的話，我也認了；不過拜託妳想買什麼用自己的錢買吧。為了長門好，我得好好控管文藝社的社團經費，不能讓春日染指才行。

「後來的事——」

我對古泉說：

「你也都知道啊。我們一道去咖啡廳、我買完單後，就前往跳蚤市場收購了一大堆春日根本用不著的東西，接著又去了一家看得到海景的時髦店家吃中餐，然後就回來啦。回程順便又繞到阪中家。」

而且你那天始終抱著跟那對老夫婦買的棋盤，提行李的重責只好統統交付給我的雙手，你可別跟我說你忘了。我就是這樣抱著半買半相送的——好比說沙漠玫瑰的原石——大量破銅爛鐵，在會場內四處奔走。唯獨讓我會心一笑的，就只有朝比奈學姊偷窺看似小學生做的萬花筒：「哇～多麼原始的玩具。可是好漂亮……」讚嘆不已的那一幕，以及長門直盯著像是某個部落的巫師在戴的面具的模樣。

「和你的記憶有什麼地方不一樣嗎？」

「所幸好像是沒有。」

古泉專注觀察著螢幕後方——

「客觀說來，你的解說完全正確。只不過就主觀的見解而言，你和我的解釋似乎有相當大的出入。」

他接著又觀察起我來。那個眼神看了就很不爽。

「問題點就在這裡。剛才我說過，最近閉鎖空間的發生率增加了。正確說來，和涼宮同學高中入學前後的數值幾乎一樣。本來我的兼差出擊次數從去年到今年有明顯減少的趨勢，結果在春假結束之後，又一口氣回復到原本的次數。你說是為什麼呢？」

我不安的問：

「你到底想說什麼？」

「我很不想明講，偏偏世上有些事就是得用言語解釋才能夠讓人理解。在無聲勝有聲的情況下彼此心領神會的事例畢竟少之又少。而我要說的就是因果關係，在這種情況下，因的部分就是『春假最後一天』，至於果，就是閉鎖空間與《神人》這兩樣。好了，這意味著什麼？那正是我出給你的題目。」

「……………」

我全身籠罩在長門式沉默裡，後腦杓傳來一陣陣刺痛感。

古泉臉上的微笑，活像是戴上從繩文時代地層出土的原始面具，要是不點出那是笑臉，還真不知道他是在微笑。

「由涼宮同學在新學期一開始就啟動閉鎖空間這件事看來，我敢斷言，問題點就出在春假最後一天。想想那天，跟往常沒兩樣的ＳＯＳ團活動中，並沒有發生值得重視的意外事件。只是很開心的在跳蚤市場大逛特逛。和往常不同的、介入例行事務的唯一不正常要素……那到底是什麼，相信你已經有答案了。」

佐佐木嗎？

「但那是為什麼？我不過是碰巧將國中同學帶到集合地點和大家見個面而已，那怎麼會形成春日精神壓力的要因？」

古泉驚訝的閉上嘴，以說是觀察不如說是鑑賞的眼光凝視著我，擺出像是三味線頭一次看到我妹撿回來的蟬殼的表情，足足擺了十秒鐘。

直到我都想在他面前晃晃手了，那位擁有一張人畜無害俊臉的超能力者，這才語重心長的搖搖頭：

「這是因為——」

他的身體以誇張的大動作扭轉向我，以決定弒逆庸君的冷酷奸臣般的語調說道：

「那位自稱是你摯友的佐佐木同學，恐怕是十人見了有八人會行注目禮的一位相當『有魅力的女性』。」

時間回溯到兩年前——正好是在這個時節。

剛升上國三的春天，憂心我沒高中可念的老媽硬逼我去上家教班。

佐佐木剛好也在同一班補習，加上學校裡和我同教室的傢伙就只有佐佐木，剛好我們兩個座位又很近，就自然而然攀談起來了……應該是吧？我記得不是很清楚了，大概就是「嗨，妳也來這裡補習啊」這一類的對話。

契機大概就是那樣，後來我們在國中的班上也偶爾會聊聊。

一開始我並沒有特別注意，但我很快就發現到，佐佐木慣用「在下」作為第一人稱的拘謹男人語調，只對男同學這麼用。與女性友人對話時，佐佐木就會用回普通女生說話的口氣。

八成有什麼緣由吧。她面對男性就用男性的語調說話，可能是不希望對方將自己視為女生，也就是希望對方別把她視為戀愛對象的意思……也可能是我想太多啦。

當然——這對我是沒差啦。所以我也不會針對她這點做文章。再說我的國文能力也沒有好到能對別人的腔調抱怨個五四三。

對於我的名字，佐佐木倒是頗有興趣。

「『阿虛』真是一個非常獨特的綽號。這個綽號是怎麼來的？」

我心有不甘的把說來很蠢的插曲和我妹的愚行告訴了佐佐木。

「喲～那你真正的名字是什麼？」

我口頭告訴了對方，只見佐佐木的頭和眼睛分別歪向不同的方向：

「所以才叫作阿虛？到底漢字是寫作什麼……啊，請勿透露。在下想自行推理看看。」

她感興趣地沉默了好一陣子，佐佐木才咯咯笑說：

「大概是寫成這樣吧。」

她拿起自動鉛筆在筆記本上揮灑。看到浮現出的文字，我不由得發出了感嘆。佐佐木正確寫出了我的本名。

「能否告訴在下取名的淵源？為何會取形象如此高貴、宏偉的名字？」

我很小的時候問過老爸。我就將老爸當時的回覆原原本本告訴佐佐木。

「真好。」

聽佐佐木這麼說，我也開始覺得這是個好名字了。

「可是，在下還是喜歡『阿虛』。很響亮。在下也可以這麼稱呼你嗎？還是要另外再取另一個綽號？因為你好像不是很中意這個。」

妳怎麼知道我不是很喜歡那個綽號？

「因為每當有人那麼叫你時，你的反應速度沒有叫你姓氏時來得快。差不多會慢個零點二秒左右。」

會指名道姓叫我的，就只有對方有正經事要找我談的時候。像是課堂上老師抽問問題時，或者是交情談不上熟的人——特別是女生——才會那樣叫我……不過，零點二秒？那麼小的差異妳居然也聽得出來？

「眼耳接收到的資訊傳達到大腦，開始有所反應的時間差不多就是那個時間。直接叫你姓氏時你瞬間就會有反應。喊『阿虛』時則是無意識會慢半拍。在下才會心想，你的深層心理肯定不是很高興人家那樣叫你。」

現在回想起來，這才是我第一次聽到無意識和深層心理這一類的用語。

家教班的課一週補三天，週二、週四、週六，都是從傍晚開始上課。

除了學校沒課的星期六，每逢週二和週四我都和佐佐木結伴去補習，不久就習慣成自然。補習班位在這一帶最大的車站附近，離國中有一段徒步過去會走得腳痠的距離，問題是公車又會繞遠路，反而花上更多時間。最省事的方式就是騎腳踏車走學校到車站的直線路段。騎不到十五分鐘就到了。

我家就位在國中和補習班的一直線上，理論上而言，先走回家牽腳踏車再飆到補習班是上上策。反正都是要去同一個地方，後座載著佐佐木去就成了我的習慣。佐佐木也很開心能省下公車車資，何樂而不為？

雖然補習也是在同一間教室，但我們可不是每堂課都有時間打屁。在周圍氣氛的影響下，我們都很認真在念書。拜此所賜，我國二緩緩下滑的成績曲線止跌回升，真是阿彌陀佛。每次帶回家的考卷分數離遠大的考前倒數夢想越來越近，想必當初急得不管三七二十一就把我丟進家教班的母親也寬心不少吧。

倘若老媽能因此修正那句「你再不加把勁，就不能跟佐佐木同學上同一所大學了」的口頭禪就更好了。為什麼我一定得跟那傢伙上同一所大學？老媽的想法實在很難理解。

家教班下課後，世界總是已籠罩在黑夜中。我一面仰望夜空中冒出的幾顆青春痘般的天然衛星，一面牽著腳踏車走，佐佐木跟在我身後。回程我都會陪公車族佐佐木走到最近的公車停靠站。

「那麼，阿虛，明天學校見。」

踏上姍姍來遲的公車車門口的佐佐木一說完，我就向她揮手道別，一路騎回自己家……

好，回想結束。

「想不到你們感情這麼好。」

古泉以中指指著眉間——

「簡直就像是兩小無猜的國中生，純純的一頁戀愛史。」

你少來。不管你怎麼虧我，我和佐佐木之間都沒有那種清新的男女之情……不，我不是說我們的關係不夠清新喔，是壓根就沒有男女之情。

「嗯，或許吧。既然你這麼想，那就一定是。不過，周遭的人會怎麼想呢？他們又是如何看待你們這對同班好同學的關係呢？」

我開始有不好的預感了。想想也是，國木田和中河都誤會了……

「我就誤會了。光是聽你聊起那段往事就覺得你們關係匪淺。當然也不只我一人這麼想。說不定朝比奈學姊或長門同學也都那麼認為了。不過還好，她們兩人多少都掌握了你的情報，你也不用太杞人憂天，真正該讓你擔憂的我就知道一位。」

「……誰？」

古泉偽惡的扭曲了微笑，眼底堆疊的是對我的責難。

「都講這麼明了，你若是還不明白，我只好將你的頭部切開，直接將那人的名字寫在你的大腦上了。」

我知道是誰啦，用膝蓋想也知道。

「但我還是覺得不可能。」

我頓時有種彷彿一大群毛蟲掉在頭上的發麻感覺。

「你是說當春日看到佐佐木，又聽到那傢伙自稱是我的摯友時，那個什麼東西的就開始蠢動了嗎？就是那女人最擅長的無意識什麼的。」

「閉鎖空間、《神人》，你也知之甚詳的現象，這陣子的狀態和以前有些不同。閉鎖空間是沒變，《神人》的行動卻乖巧得毛骨悚然。人是出現了，積極的破壞力卻不見了，大部分時間都閒得發慌，呆立不動。偶爾好像想起自己的角色定位，才會踹幾下建築物。」

那個藍白色巨人變得理性不是壞事吧。

「對我們『機關』而言，理不理性都一樣。《神人》不消滅，閉鎖空間就無法解除。」

古泉繼續下註解。

「就結論來說，《神人》……或者該說是涼宮同學的無意識狀態，似乎變得有些迷惘。宛如連自己在想什麼、該想什麼都想不明白。可說是在混沌的路途上遊蕩，呈現自尋煩惱的無意識狀態。」

恐怕九泉之下的佛洛伊德大師聽了也會苦笑吧。他一定想都沒想到自己的研究成果會如此頻繁被用於春日的心理分析上。

「在我看來，如果涼宮同學是對佐佐木同學感到嫉妒，事情就簡單了。」

這話不反駁真的不行。不是為別人，而是為春日。

「那女人可是說過：『戀愛不過是一種精神病』喔。」

「那我請問你，你認為涼宮同學具有足以剖析男女情愛的成熟心智嗎？」

完全不認為。

「我也是。涼宮同學對愛情只是一知半解。反過來說，她的精神狀態和同世代的女學生相比並沒有老成到哪去。單從這點就知道她是一名極其普通的少女，只是較愛鬧彆扭罷了。」

你沒資格說人家。在我看來，古泉也是位夠格的彆扭小生。

「是嗎？」

古泉取下古代面具，掛上新的微笑，做戲似的撫摸著臉頰：

「看來我的功力還不夠，才會被你輕易看破。」

接著雙手一攤，搖搖頭說道：

「依我的分析，涼宮同學得知你有個老朋友，而且還是自己不認識的人——發現這麼一個前所未有的事實，讓她有股說不上來的感受。單純用『JEALOUSY』這個字眼又無法完全解釋，那是一種更自然、更原始的感覺。或許可說是出人意表吧。你總會有一兩個老朋友，涼宮同學當然也明瞭這一點。就算你有女性朋友也不足為奇。可是——佐佐木同學自稱是你的摯友，這點不管是誰都感到意外。連老早就知道她的存在的我也不例外。」

「這我明……不，我一點也不明白。」

「涼宮同學的國中時代幾乎是孤立的。或者可說是孤獨狀態，才造成她內心對『摯友』的存在產生那麼大的反應也說不定。」

「是那女人自找的吧，她本來就很孤僻。」

「那倒也是。我打個比喻吧，假設我有個你們不知道的異性朋友，突然出現在眼前，你會怎麼樣？」

「你有嗎？」

我的身體稍微向前傾。這小子就算背地裡交了個女友，我都不會覺得不可思議。

古泉苦笑了一下：

「這個比喻不大好。看來不能用我來打比方。這樣吧，假設朝比奈學姊過去有個親近的男性友人，而且那位男性對她的態度又相當親暱呢？」

我會很光火。不過——

「那是不可能的。朝比奈學姊和長門又不是為了遊玩或觀光才來到這個世界。」

我還希望她們多一點玩心哩。況且，朝比奈學姊的過去，對我們來說可是未來。

「我只是假設。假設是那樣的話，你會怎麼想。儘管只是想像，相信你也感受到言語難以形容的微妙感覺了吧。那既不是嫉妒，也不是困惑。最重要的是朝比奈學姊對那位異性似乎不來電，表面上也跟平常沒兩樣，兩個人之間應該是沒什麼。既然沒什麼，胡亂猜疑就太瞎了。因此將那種感覺自下意識徹底清除、忘掉是上上策。請將我這段假設中的朝比奈學姊試想成你，你代換成涼宮同學看看。」

中庭對面響起小規模的歡呼聲。好像有一年級新生決定加入某個同好會了。

古泉不經意望了那邊一下：

「不過……一般意識外的部分可沒那麼容易受騙。因此——無意識的欲求不滿就產生了閉鎖空間和不上不下的半吊子《神人》。原因看似明確，中間的緣由卻不簡單，以致於我們也找不到解套的方法。其實也不是沒有——」

古泉的眼睛瞇得更細了。

「阿虛！古泉！」

緊抱著朝比奈學姊、猶如連體嬰的春日，以踏破中庭鋪石步道的氣勢快步走來。

「哇哇、哇啊啊～」

春日將步伐大小和她差了大約1.5倍，雙腳全打在一起的朝比奈學姊，有如捕獲的獵物牢牢扣住，不管三七二十一橫衝直撞而來。

我本來以為她會像北極旅鼠盲目的抓個一年級回來，萬萬沒想到會兩手空空。旗袍搭配女侍的異色投打組合竟連一條小魚都沒釣上？由此可見今年的一年級新生相當有常識。

春日停在不斷重覆播放預告篇的螢幕前，仍舊未放開朝比奈學姊問道：

「有沒有有趣的人來申請入團？有希那邊呢？」

我感覺到長門微微搖了搖頭。

「我們到處去宣傳，結果完全不行。聽到可以喝實玫瑠泡的美味茶飲喝到飽，而露出色瞇瞇表情猛點頭的傢伙，在入團初選階段就淘汰了。往女同學靠近，大家又趕緊逃開，今年搞不好會歉收。」

她們可能誤以為妳們是角色扮演研究會吧。

「一個也好，一定會有適合的人，我們接下來要加油！不能放棄！阿虛！你國中母校的學弟妹中有沒有有趣的傢伙？還有，我剛忘了講，我的國中母校裡頭絕對沒有，所以東中畢業的統統不准放行！」

大聲宣告的春日的臉上——

還是掛著不管從哪個角度來看，都像是二重類星體那般閃耀得類似核融合的笑容。

而且是前所未有的燦爛。

那天擺攤到最後，我們還是毫無所穫，只得摸摸鼻子將東西收回社團教室。

朝比奈學姊像是由衷鬆了一口氣，稍事休息後，便穿著女侍服將水壺放在小瓦斯爐上準備泡茶，我和古泉則是忙著整理長桌、收拾纜線並重新配置。

長門則是很長門的，將文藝社的貼紙像是丟擤過鼻涕的面紙似的扔進垃圾桶，再以收藏寶物的態度捧著社刊的樣書收進書架，最後機械化的落坐在社團教室的角落攤開厚重的精裝書。雖然隔了一段距離，但我不認為她當時沒聽到我和古泉閒聊的內容，只是身高外型和一年前完全沒變的外星人製人工智慧機器人冰冷的表情，與設定在消音模式的嘴唇始終不變的話，我就會有種莫名的安心感。

春日一坐上團長席，就將手指放在三角錐尖端搖晃：

「都沒看到朝氣蓬勃的一年級新生。是不是該放寬搜索範圍？搞不好優秀人才都跑去運動社團了。再等下去也不會有人來。撒網的次數和海域還是要多一點、廣一點比較好。」

盤起旗袍外露的玉腿，臉上的表情宛若在思考新惡作劇的孩子王。看得出她相當興奮。

我是覺得與其漫無目的用拖網捕魚，倒不如鎖定一處定點海釣，比較有機會捕獲優質的魚兒啦。但我可沒笨到自行進言，挑起春日的新進團員勸誘促進計畫的重責。

「我當然沒打算讓大魚逃掉。我在想要像去年一樣到所有社團看一看。好在被其他社團搶走前先下手為強。反正有這麼多新生，應該會有一兩個對我的胃口。」

不曉得對妳胃口的學弟妹會是什麼味道？假如是烤一烤就能吃的，那還沒什麼關係。

「希望是比實玖瑠還可愛的，或是比有希還乖巧的，比古泉還要有禮貌的，就這樣！」

那樣標準也是很高耶。畢竟讓春日以還算正當的理由帶來的就只有朝比奈學姊一個。雖說自己看中意的萌角色這個理由談不上有多正當，可是長門只能算是霸占來的文藝教室附的贈品，古泉當初會吸引春日也是因為轉學生的身分。今年她應該不會二話不說，將五月左右的轉學生照單全收吧？

「轉學生這個類別已經有古泉了。他又是優秀的副團長，我已不需要類似的角色。不是很有趣的人我也不要。畢竟ＳＯＳ團抱持的是寧缺勿濫的精銳主義。」

春日打開電腦，托著腮幫子不斷按著滑鼠——

「是我太疏忽了。」

妳又不是現在才開始疏忽。

「早知道去年就到學區內所有國中晃一晃，將有才能的統統先訂下來。要是當中有適合的團員人選卻去了其他高中就太可惜了。要不要在別校設個ＳＯＳ團第三分部？還是在這一帶的每所國中均成立ＳＯＳ團二軍社？」

春日的妄想又要振翅高飛了。我大大嘆了口氣：

「增加那麼多人幹嘛？妳想組個美式足球隊嗎？」

「本小姐的ＳＯＳ團得更快擴張到全世界才行。就像現在電腦的硬碟容量不是都擴充得越來越大嗎？我的目標是全世界。無法在地域上生存，就無法在講求國際化的地球上生存下去。」

資訊化的下一步是國際化嗎？我還是喜歡小而美的人生。畢竟我只是一個什麼證照都沒有的高中生。也沒有不知天高地厚到準備進軍世界。

乾脆啦，不如妳將來找個地方辦個私立學校，當上校董，將校名定為ＳＯＳ學園，硬性規定全體學生加入ＳＯＳ團。嗯～光想就覺得恐怖。

「哈哈，好蠢喔。法人化從不在我的考慮範圍內。」春日哈哈大笑：「我們又不是以營利為目的！」

這也算是一大進步吧。雖然嘴上同樣是高談闊論，換作是去年的春日，一定會強行參加社團活動說明會、大量印刷ＳＯＳ團傳單、管他王八綠豆統統塞一張再說。今年大概是有強勢的學生會長在虎視眈眈，才會將心思轉到反抗軍式的地下活動吧。

看來春日儘管在擴張ＳＯＳ團分部這一點上野心勃勃，對總部人員的增額卻興趣缺缺。不管怎麼說，她最渴望的還是有人帶來不可思議現象的情報吧。像是和外星人有所接觸的體驗者啦，回過神來才發現自己回到過去的被動參與型時空旅行者啦，或是正日以繼夜在異空間和邪惡大戰的特異功能者——她喜歡聽那一類的故事，錯不了的。

那也是以前的我一直很想聽的故事類型。

同時也是現在的我不需要再聽的。

一面陪著古泉解棋路，一面啜飲朝比奈學姊的特製煎茶潤喉，一面以眼角捕捉長門背脊挺得筆直的看書模樣，我不禁心想——

ＳＯＳ團的正規團員應該不會再增加了吧。

有了鶴屋學姊那樣的名譽顧問、阪中這樣的團外關係人士、像電研社這樣言聽計從的友社，不太可能有某個新人可以加入形同定居在這間社團教室的五人組，在此處落地生根。

只是單純的預感，沒有什麼理由。大概只有天國的佛洛伊德博士或榮格博士才能解釋為何我會下意識那樣覺得吧。

結果，我的預感只對了字面上的一半，一半猜錯了。不過……這時的我並不知道——這句也快成我的慣用語了。

誰料得到後面會發生那麼麻煩的事情啊？想必古泉也是這麼想吧，長門大概也是，搞不好朝比奈（大）也是。

始作俑者的名字顯而易見。不是別人。

就是涼宮春日做了那件事——

第一章

隔天，也就是星期五。

春日從高一就延續至今的習性，即休息時間幾乎不在教室的日常行動，即使升級了也沒有改變，第四堂課一結束就衝出教室。而在本團團長消失無蹤的午休時間，我和升上二年級也是好搭檔的谷口和國木田，照樣圍著課桌以便當會友。

谷口就算了，見到國木田人畜無害的臉，就想起前陣子不期而遇的佐佐木。儘管我想假裝若無其事，視線還是洩露了一二——

「你怎麼了？那麼在意星饅煎蛋嗎？」

國木田就如佐佐木評述的一樣，悠然自得問道。

「沒有啊。」

我立刻回答。

「該不會又在想我們怎麼又同班吧。」

「是啊。」

停下將菜餚肢解的動作，國木田抬起臉來。

「我倒是很開心。看到分班表時還一度懷疑是自己看錯了。」

我也一度以為你會選擇理組。

「我是那麼打算啊。不過我的文史科目弱了點，我打算利用這一年好好加強。升上三年級後再專心念理科科目。何況高二時期的理組與文組都只是分個大概。選修科目一旦增加，常常換教室也很麻煩。自第二學期開始更是會變本加厲。」

對谷口而言……算了，他根本沒差。

「什麼話！你這話太過分了，阿虛！」谷口抗議：「我也很想被分到更賞心悅目的班級啊。其實六班才是我的目標……」

他目光不經意瞥向班上的女同學：

「現在這樣根本沒什麼改變。最跌破我眼鏡的，就是竟然又和你們同班！」

這痞子還是那麼痞。其實又同班也不錯啊。我們就和去年一樣，在考試期間沿著紅線區低空飛行吧。

「這個我可以跟你保證。我才不會讓幾張紙左右我的人生哩。包在我身上！」

你的拍胸脯保證，對我真是一針強心劑。對我媽可就不一定了。作為說服我老媽的理論基礎，谷口的存在實在是薄弱了點。假如這痞子有什麼特殊才能的話，我也好跟老媽屁說學校的成績根本不算什麼。

「可是——連續五年都跟涼宮同班實在是……不是孽緣喔。我們本來就沒什麼緣分。」

谷口說得雲淡風輕，我聽來卻覺得不可思議。過分巧合的偶然絕對有內幕，我就知道好幾個事例。

當我和谷口可能各懷著不同心思歪著脖子時，國木田道出一段讓人有點懂又不太懂的話：

「這沒什麼好不可思議的啊，三十人中有兩人在同一天出生的比率是很高的。」

「要我算給你們看，好印證一下嗎？」

不用了。數學課那些奇妙的符號和算式就夠我乾瞪眼了。不，你也不必心算給我看。我並不想知道自己的頭腦和別人比起來有多差。沒準備奇計就輕率找人家單挑，簡直是蠻勇。況且這本來就是春日該做的事。若是換作下次換座位時會是誰坐在我後面的預測大會，我就有自信參加。

現在我後面座位的主人和去年一樣，午休時間一到就跑出教室，不見人影。鐵定是跑去一年級新生的教室物色新人。肯定也會被當作是可疑人物。

一見到稍微有點興趣的人類，春日好像會連想都不想就突擊他們班。但願被突然衝進來的奇怪學姊嚇到的可憐新生別躲進教職員室——我邊吃便當邊默禱。不知道哪個神佛受理了我的祈求，香油錢也不知要捐到哪去，第五堂課快開始前才回來的春日眼中並沒有閃閃發光。

「漁獲量呢？」面對我的詢問——

「零。」

如此答腔的春日語調聽起來並沒有不開心，只像是淡淡在報告一件理所當然的事情。就是經過調查後，終於明白附近的水池並沒有龍魚那樣平鋪直述。

放學後，我用比呼吸還自然的態度和春日一同走向社團教室。

升上高二後，上課的校舍也換了。拜此所賜離社團大樓更近了，但我並未感到更方便。

「對我就很方便。」

春日大力將學生書包甩了甩——

「現在離學生餐廳和福利社近多了。午休時間想在餐廳占個位子吃飯，真的很辛苦。我常在想，座位如果能增加多一點就好了。」

那妳不妨找學生會長投訴，再多找一點人連署，校方就有可能改善。

「我才不屑欠那種人人情呢。」

加快腳步的春日，就像怕生的小孩一樣把頭撇向旁邊。

「做事最好別借助惡人的手，我最討厭老把恩情掛嘴上的人，我寧願凡事靠自己。」

沒經過許可擅自擴建學生餐廳，又會引起風波喔。文藝社那一丁點經費，也不夠妳經營建設事業。

「只要我想做，我才不會管那麼多。重點是——大家都會很高興！」

或許吧，但我勸妳最好打消念頭。搞不好還會鬧上報。下回見到鶴屋學姊，得事先跟她疏通一下。如果春日要求贊助經費，拜託學姊千萬別輕易允諾。像鶴屋學姊那種超有常識的大人物，對春日的提議應該不會照單全收。不過慎重起見還是先跟她提一下的好。

我設法將春日的注意力從餐廳改建計畫轉移到別處。

「對了，春日。有看到合胃口的新生嗎？」

「嗄？」

春日是輕易上勾了，但卻以銳利的視線直直戳向我，一邊說道：

「想不到你會在意這個。真教人好生意外。真要增加人員時你又碎碎唸個不停，其實你心裡還是很想要個後輩吧？」

一點也不想。不過呢，有個階層比我低的小團員在，春日丟過來的雜務就可以全移交過去，我就解套了。就資歷而言，古泉是副團長，朝比奈學姊是吉祥物兼書記兼副團長，長門在形式上好歹也是文藝社社長，算算團內最沒地位也沒頭銜的就是我。

「你真那麼想要個頭銜？早說嘛，我可以賜你一個。不過要參加升等考試，筆試五科、術科兩科。」

不用了。我比較想考輕型機車的駕照。（註：日本考照年齡為16歲以上）

「趁早死心和正面思考的意義可大不相同。做人就要有擋頭一點……等等，我明明有給過你頭銜啊。」

如果妳指的是「團員一號」的臂章，那種東西我敬謝不敏。那個字面上的意義跟小嘍囉一號差不了多少。

「嗯？你曉得？」

在我端詳春日如火男般滑稽的笑臉時，我們已來到社團教室門口。

不敲門就直接打開，是因為這間教室對春日就像是自家一樣，但我還是按照自己的規矩來。假如朝比奈學姊正在換衣服，我就得馬上向後轉，所以我都是從開著的門扉縫隙偷看確認一下，這麼一來就不會討罵挨了。

「………」

在裡面的只有長門。

她安坐在長桌一角的愛用鋼管椅上，一個人靜靜閱讀數學家的傳記。每次來社團教室她都比我們早到，這傢伙難道都不用輪值掃地嗎？是有可能。

春日將書包丟到長桌，坐上團長席、按下桌上型電腦的啟動鈕。我也將自己的書包放在春日的旁邊，走到不知何時已固定的專用席一屁股坐下。

我聽著硬碟發出的卡卡卡聲響，凝視昨天沒收起來的舊棋盤盤面。只差幾步就將軍了。酷似馬賽克的黑白局勢眼看就要走到終局。再走一步，黑子就贏三目半。連我也知道要怎麼走，所以是初級的問題。

「阿虛，幫我泡茶。」

等朝比奈學姊來再說吧。她的泡茶技巧，說是現代的古田織部也不為過。（註：古田織部（1544～1615）是一代茶道宗師利休的愛徒，但本是戰國武將的古田茶道風格卻有別於內斂、纖弱的利休，較為雄偉、華麗）

「你太言過其實了。一般的泡茶怎能跟茶道比。不過如果實玖瑠當上朝比奈流的創始人，以儀式型茶道流派來說算是有品質保證的。」

春日的目光在螢幕上梭巡。一會拉出鍵盤，好像在打什麼文章……是在製作什麼文件嗎？我忍不住開口問：

「昨天看妳也在打電腦，妳是在寫什麼？更新網站日記嗎？」

「不能說，這是機密文件，外洩出去會釀成大問題。萬一流出去，我頭一個懷疑你！」

只見春日邪邪一笑，以俐落的動作敲著鍵盤。這女人真是有夠手腳靈活。

我聳聳肩，緩緩走近冰箱，拿出裝了烏龍茶的冷泡壺，倒入自己的茶杯，順便幫春日和長門也各倒了一杯。

即使將茶杯放在長門面前，她的眼皮也是連抬都不抬。春日倒是直接從我手上接過茶杯，一口氣灌下去。此時我趁機偷瞄了一眼，桌上型電腦螢幕顯示的畫面很像是文書軟體的新文件格式。

「妳又在製作傳單了？」

「不是！」春日將茶杯推還給我：「這是以防萬一的事前準備。就像是抽考那樣的考題……別擺出那種奇怪的表情好不好！又不是要拿來考你。」

不然妳是要拿來考誰的？

「你不要管啦。不准看！這樣我會寫不出來。」

春日整個人遮住畫面，我只好退回原來的座位。

我小口小口喝著冰烏龍，正閒得發慌，在棋盤上放棋子沒多久，古泉就來了。看到他的臉就安心不少委實讓人氣惱，可是今天不知怎麼的，我就是有這種想法。因為我曾一度預想他會以兼差太累為藉口不來社團。再說，大部分的遊戲一個人玩很無聊。

「課後輔導時間拖太長了。」

古泉做了無謂的解釋後，關上社團教室門，俯看著棋盤盤面，臉上露出微笑。

「已經無路可走了，我投降。」

和平日無異的笑容。那張笑臉有可能是擠給春日看的，但我看來是與平日相差無幾。在我對面坐下的古泉，從十九路棋盤上取下棋子，放回棋盒——

「要不要來一局？」

有何不可？不過這次我要讓子。每次與同一個傢伙對奕都大獲全勝實在沒意思。我不是春日，我注重勝負過程尤甚於結果。

「承讓了。」

古泉選擇黑子，放了四子。

我和古泉沉默展開廝殺。長門繼續埋首書海。社團教室內只聽得到春日喀擦喀擦的電腦操作聲，以及緊閉的窗外傳來的運動社團吆喝聲。

靜謐的初春時刻。悠閒又和平，和往常沒兩樣。

差不多又過了五分鐘，耳邊傳來禮貌的敲門聲。

「對不起，我遲到了。」

不管到哪應對進退始終得體的朝比奈學姊登場。站在她身邊的是——

「呀——呵！」

鶴屋學姊單手大力揮了揮，燦爛的笑容照亮整個室內。

「哈囉，各位！你們可能會嫌煩，不過我又帶邀請函來嘍！哇哈哈！這回是賞花大會第二彈！」

邀請函上寫著，第二次賞花大會預定在接下來的黃金週舉行。

鶴屋學姊發給我們的高級和紙上頭有著猶如顏真卿真跡的毛筆字，可惜我只看得懂日期。要不是春日將全文朗誦出來，我大概得翻電話簿詢問博物館的藝文人員才能解讀了。

朝比奈學姊換上女侍服——這段期間我和古泉當然是暫時離社——之後泡好的熱茶，偶爾來訪的SOS團貴客儘管態度隨和，舉止仍舊高雅，啜飲一小口後，感佩不已的發出「噗哈！」的擬聲語：

「上回賞的是染井吉野君，這回是八重櫻！這是自古以來櫻花品種的代表。我家的庭園有許多自然生成的生物。到了那個時節，簑衣蟲四處可見，說有多風雅就有多風雅。」

鶴屋學姊將剩下的茶一口氣飲盡，閉上眼開始默誦。

「舊日奈良八重櫻～」

「今朝平安九重霓，對吧？」（註：《百人一首》第61首，作者是伊勢大輔）

春日吟出下句後就猛點頭。

「應該對時下一味吹捧園藝品種的風潮提出忠告。其他品種的櫻花都謝了，唯獨八重妹仍在怒放，是該受到所有人的注目。鶴屋學姊真不愧是鶴屋學姊！」

再沒有比鶴屋學姊更適合「當之無愧」這個枕詞的人了（註：在和歌中會有冠在某詞上用以修辭或是調整語調的詞，像這類並無特殊意思的詞就叫「枕詞」），搞不好鶴屋家是自飛鳥時代就傳承至今的貴族後裔？（註：西元六世紀末到七世紀初，以飛鳥地方為首都的推古朝時代。）

「年代太久遠的事我就不曉得了。是不是無所謂啦！真想知道去查查家譜就曉得了，不過要找出來多費事啊！」

有話直說的鶴屋學姊真是值得信賴。真希望她和朝比奈學姊永遠是一對好姊妹。就像是紅心和方塊的皇后對牌那樣。只要有鶴屋學姊陪在她身旁，就沒人敢動朝比奈學姊的壞主意。春日？喔。她就像是撲克中的JOKER。是五張牌梭哈不可或缺的一張牌。（註：JOKER在鬼牌撲克中是百搭的自由王牌）

在百看不厭的朝比奈學姊奉茶嬌態撫慰我心靈的期間，鶴屋學姊和春日繼續一唱一和——

「正當春光閑長時～」

「花無靜心待落去」（註：《百人一首》第33首，作者是紀友則。）

「詎知君心仍如舊～」

「昔日花香今猶浮。」（註：《百人一首》第35首，作者是紀貫之。）

兩人開起了百人一首對吟大會。

「天地寂寥中，同為可憐人～」

「除卻山櫻外，復誰知我心。」（註：《百人一首》第66首，作者是前大僧正行尊。）

「若使漫漫春夜中，假君之手為夢枕～」

「流言緋語必四起，妾身之名猶可惜。」（註：《百人一首》第67首，作者是周防內侍。）

「長天放眼懷故國～」

「月出春日三笠山。」（註：百人一首》第7首，作者是安倍仲麻呂。）

「吉野秋風吹不盡！」

「故園擣衣聲聲寒！」（註：《百人一首》第94首，作者是參議雅經。）

接吟到這裡，已經和春天、櫻花無關了。時節也跳過夏天，直接來到秋天。

「呼呼呵？那麼——這首呢？」

有那麼一瞬間，鶴屋學姊露出了促挾的表情。

「山櫻盛染寒林爪！」

「咦？」

先前都應答如流的春日一時語塞。

「有這首嗎？是誰作的和歌？」

鶴屋學姊拋出的問餌，意外的是由另一人叼走。今天頭一次聽到那毫無抑揚頓挫的聲音如此答道：

「……遙望白雲如瀑瀉」（註：《百人秀歌》第76首。）

長門翻開書本的下一頁，以低溫的聲音又補充一句。

「源俊賴。百人秀歌。」

「真有妳的！不愧是博學多聞的魔神有希！」

儘管鶴屋學姊咯咯發笑、讚不絕口，但長門無感情的眼眸仍無動靜。可是我實在不明白，這有什麼好笑的？待會再來調查一下。

鶴屋學姊接著又吟詠三首上句，待長門對答出所有下句之後，才心滿意足的說：

「好！明天見！實玖瑠，謝謝妳的茶，真的很好喝！本學年度也請大家多多關照！」

扯開大嗓門道別，旋即離開社團教室。活像是移動速度超快的小型颱風過境。才來沒多久，一轉眼又跑到很遠的地方……

不過，鶴屋學姊炒熱場子的功力堪稱是天才。話又說回來，鶴屋學姊到底有什麼是不拿手的？她的哭臉是這世上最難想像的表情了。不凡的鶴屋學姊果然是無人能敵！

春日一口接一口喝著茶：

「這麼一來，黃金週就有一項既定行程了。對了，不妨一邊賞花一邊作和歌吧？作出能流傳千古，讓後人收錄進和歌集的那種。」

不知是機密文件做膩了呢，還是誤把鶴屋學姊留下的和紙當成了歷史遺物，只見春日的目光不停在上面來回穿梭。要作就作川柳（註：日本的詼諧短詩。和俳句同樣是十七文字，分為五、七、五。但沒有季語。有點類似我國的打油詩）——我才這麼一想，她立刻像是突然想到似的說道：

「那個以後再討論，先發表明天要做的事！」

春日不慌不忙跳坐上桌，雙腿叉開——

「現在新學年第一回ＳＯＳ團全體會議正式開始！」

用燦爛無比的笑容、清亮的聲音與高高在上的態度吶喊。

不知道這是第幾次開會了？我腦袋完全沒有記錄也沒有記憶，春日似乎也同樣不記得了，很乾脆的就將數字重新洗牌。此次會議內容如下：

「本週的星期六，也就是明天！上午九點全體在車站前集合。你們不覺得這世上的不可思議事件也差不多該登場了嗎？我們之前尋尋覓覓那麼久，對方一定也感受到我們的誠意，想有所回報了。再加上春天又到了！春風徐徐正好眠，趁它打瞌睡時就能一舉捕獲！」

又不是從爭食前線退下來的三味線，就算是野貓，用那種方法也抓不到半隻。

「阿虛，話不能這麼講。本團成立就快邁入第二年，期限所剩不多了。辦了一年的活動卻舉不出半點成果，你叫我拿什麼跟人家交代？」

跟誰交代？

「跟自己啦！要寬以待人可以，不嚴以律己那可不成！像我這樣就叫作……那個叫什麼來著？不是薄利多銷，也不是自給自足，也不是含莘茹苦……實玖瑠，妳知道是什麼嗎？」

「咦？」

突然被抽問的朝比奈學姊，以食指點著下巴。

「呃——是強制責任險嗎？」

「還是賞罰分明？」

目光凝視著指間夾著的黑子不動的古泉適時插入一句。正當我也開始思索要講點什麼才好時——

「辭典裡沒有妳要表達的意思的成語。」

拜長門貿然丟出這一句所賜，我也樂得放棄發言的機會。既然辭典沒有就自己造一個。

「寬人嚴己」這句怎麼樣？

春日根本不鳥我，看向長門說道：

「是嗎？我記得是有耶。」

名義上說是「全體會議」，實質上對我們的意見，平日連沒關好的門窗縫隙般的參考餘地都沒有的團長，這次似乎勉強接受了。

「那麼——會議就此結束。離校時間前是自由時間！」

那女人跌坐在椅子上，又開始玩起電腦。

驅離在校內逗留的學生的趕人鈴聲響起的同時，長門闔上書本的動作，亦正式宣告了我們這一天結束了。就某方面而言，她的行動時間表好比四季各類蟬鳴那般準確。

待朝比奈學姊換完衣服，我們離開社團教室，已是有點寒意的日暮時分。

緩緩走下放學必經的坡道，男女之間的距離自然拉開。春日和朝比奈學姊並排走在前頭，略微落後的長門默默交互動著雙腳。

我和古泉望著女生三人組的背影，在數公尺之遙殿後。難得逮到這個機會，我就問一下：

「怎樣？狀況還好嗎？」

「昨天到今天也才一天。目前是沒有變化。」

古泉面帶活像剛泡好的速食麵那般的笑容，繼續回答：

「有可能是我杞人憂天。看長門同學和朝比奈學姊的反應，她們並不特別在意佐佐木同學。

這次發生的閉鎖空間如果只是一時性的就還好。」

新學期已開始一段期間，長門和朝比奈學姊倒是真的都沒提起那位前同班同學。這是一定的。要是每和一位昔日好友聊幾句話就得逐一顧慮每位團員的感受，我的神經遲早會爆掉。

「假如對方是佐佐木同學以外的路人甲，你自然不用顧慮。問題就在於偏偏是她。」

那傢伙不過是有點古怪的女生，也就是你說的路人甲啊。

「我對你的意見舉雙手贊成。我也是如此確信，這一點無須爭論，在我們看來這根本就是顯而易見的事。真正讓我擔心的是會錯意的那些人，還有——想要利用誤解擴大事端的人們。」

「你是在說誰？」

國木田和中河應該沒什麼利用價值才對。

針對我的疑問——

「你的朋友中那兩位是清白的。但是——」

古泉煞有其事地重新提好書包，聳聳肩說道：

「算了，這個話題就此打住吧。如果只是杞人憂天的話那是再好不過。啊，有一點你可以放心。目前並沒有出現任何加害佐佐木同學的事態。『機關』也不會做那種事。因為沒有理由。」

當然沒有了。你到底想說什麼？

「這就抱歉了，我是很想幫你消除不必要的煩惱……不，請你忘了這回事吧。剛才的話都是蛇足。」

古泉露出漂著哀愁感的苦笑，跨步走了出去。熱心的學妹如果看到那副笑容，恐怕會不支倒地吧。我循著他的視線追過去，見到長門後腦杓前，與朝比奈學姊談笑風生的那張側臉正在偷看。

那一天——

我們一如往常演完了一起放學回家的戲，在光陽園車站前解散。

「明天見。」

春日接著又說：「偶爾也要比我早來喔。」臉上的表情看不出是真心或玩笑，對我怒目而視後就頭一個向後轉，制服的緞帶和裙襬順勢揚起；朝比奈學姊揮著小手，跟在團長身後。搜尋了一下，長門嬌小的背影已往自家豪華公寓的方向走遠。

「明天什麼事都別發生就好。」

最後……古泉喃喃道出獨白，我心想：有可能嗎——

但是——

古泉的想法太天真了。我也是。

此時——事態早就在進行了。只是誰都沒發現已經開始了。以我為首的所有人早已被捲進漩渦裡。不光是ＳＯＳ團。國木田、谷口、中河還有須藤都是，不管我知不知情，總之所有人都被牽連進來了。

可是——我還得經過一段時日才能領悟到這件事。明天？那樣說太籠統了。不過——隔天發生的某件事的確算是前兆。

至於那是單純的前兆，還是偽裝成偶然的必然？抑或是要對付誰……

星期六的早上，九點在車站前，我又再度見到兩名人物，並且與一名陌生人打照面。然後——又被告知另一名認識的人潛伏在附近……

那天，我很難得的比鬧鐘和老妹還早醒來。一日之始，就是將睡在我枕頭上的三味線推落到地上，再來就是硬將自己的身體從床上拔起。

醒來後神清氣爽。好久好久沒在假日的清晨有如此感受了。簡直就像是體重減半那樣輕盈。果然不要靠鬧鐘或老妹，自然起床才是健康的祕訣嗎？

我輕手輕腳離開房間，享用久違的一頓沒有妹妹在場的早餐後，迅速換裝、跳上鐵馬。還早還早，手錶才剛過上午八點，這麼早去搞不好能贏過春日，或者是擅於察言觀色的古泉體恤我，最後一個到。我想就算讓春日請一次客，那女人應該也不致於鬧什麼彆扭吧。可是——比起一名高中生的荷包，「機關」的資金絕對肥多了。古泉的兼差薪資絕對很豐厚。

飛快踩著腳踏車的我，眼角映照出粉紅色的落英繽紛。再下一場雨，櫻花樹今年的工作大概就會完全宣告結束。

我將腳踏車牽進站前的機踏車停車場後，確認了一下左右。

因為我有預感，佐佐木會突然冒出來。結果當然不用說，自稱是我國中摯友的那個人並未出現在視線範圍。這麼做是為了讓古泉安心，並不是為了我自己。

看看手錶，離集合時間還有三十分鐘以上，時間多的是。

我哼著歌，將腳踏車放到暫停付費停車格中，再悠悠哉哉走向集合地點，發現ＳＯＳ團沒有一個人來。

但是——我並未發出會心的微笑。甚至有種山雨欲來風滿樓的感覺。

我驚愕地停下了腳步。

「嗨，阿虛。」

佐佐木臉上的笑容猶如策劃「大驚奇成功」的幕後黑手。

「又見面了。真教人開心。或許你並不開心，不巧在下可是相當樂見於這個情況。不過與其說是exciting（興奮莫名）……應該說是interesting（感興趣）？」

我像是朽木一般杵立不動。

佐佐木不是獨自一人。左右兩旁各站了一名少女。其中一個打死我都不會忘記。那張嘴臉深深烙印在我腦海裡的通緝犯名單裡。沒立即衝過去海扁她一頓，端賴我這一年來培養出的自制力。

「是妳……！」

居然還一副滿不在乎的樣子。

「你好。」

輕輕頷首，少女的笑容漾了開來。

「好久不見。你那位寶貝未來人——『朝比奈學姊』還好嗎？噗呼。別臭著一張臉嘛。那次之後我們就收手啦。」

上上個月——二月中旬發生的某起事件的始末一口氣穿透我的腦海。

從八天後過來的朝比奈學姊。我將那位學姊取名為朝比奈實千瑠。我和她照著朝比奈（大）的指令函四處奔波，解決了好幾道難題。空罐和鐵釘的惡作劇、鶴屋山的葫蘆石、烏龜和少年、謎樣的檔案儲存媒體與惹人厭的未來人……

還有朝比奈學姊綁架案。

她就是在事件結尾的飛車追逐戰之後，和新種未來人共同現身的綁匪妹。疑似綁架集團的首腦，主導全案的一點紅。面對森小姐淒厲得令人差點昏倒的恐怖笑容，依然泰然自若的那位少女。

她就站在佐佐木身旁、我的面前。

不知佐佐木曉不曉得我和綁匪妹之間的過節，她緩緩舉起一隻手放在我們之間——

「阿虛，為你介紹一下，她是橘京子小姐，是在下的……應該說是認識的人才對。我們最近才認識，尚未熟到可以稱之為朋友。雖然我對她這個人充滿了興趣。」

佐佐木從喉嚨深處發出咯咯的聲音：

「看你的表情，你們似乎見過？肯定不是很愉快的邂逅。在下料想得到。」

「佐佐木……」

我發出了老人般乾澀的聲音。

「妳最好別跟那種人來往。她可是……」

——我們的敵人。

「好像是。」

佐佐木滿不在乎地說：

「但她似乎不是在下的敵人。這點就有趣了。在下從她那裡聽說了很多離奇的故事。雖然很難理解，不過倒是個不錯的益智消遣。就當是精神上的有氧運動吧。就像是無法認同，但願意進一步認識的感覺。」

綁架犯——橘京子帶笑的唇微微噘起：

「那可不行，佐佐木同學。請妳務必要認同。否則——」

看著我的目光就像在看擺在寵物店店頭籠中的幼犬。

「這個人絕對不肯跟我們溝通的。要他聽我說話三秒鐘恐怕都很難。沒錯吧？」

沒錯！而且是一點都沒錯！不管綁走朝比奈學姊的人是誰，都不得請律師，馬上送法庭審判。古泉怎麼還沒來？森小姐和新川先生呢？多丸兄弟咧？

「阿虛，你有在聽嗎？」

等一下，佐佐木。我正忙著搜尋尚可信賴的那群人的身影。

「抱歉、抱歉。可是還有一個人，在下無論如何都想介紹給你認識。能不能請你給個方便，先讓在下介紹你認識一下？」

是誰啦。如果是那個個性惡劣的未來渾小子，就不用介紹了。

「你講的那個人，在下心裡大致有數。不過現在要介紹的不是那位仁兄。」

佐佐木舉起和橘京子站立位置相反的那隻手：

「她想和你共存於兩公尺以內的空間範圍——這是她跟在下說的。反正引見一下也無妨。這事再拖下去，只怕會給你帶來更多困擾。她……怎麼形容呢？與其說是strange，不如說是有點cure？」

我循著佐佐木指尖上的延長線看過去。

起初，我並未反應出那邊有什麼東西。

像是黑色墨汁加了水，從瓶子溢出來、逐漸漾開的濃霧一般……那是我對那東西的第一印象。待大腦認出映在自個視網膜上的是常常見到的女校——光陽園女子學院的黑色制服時，已過了好幾秒。

認清的瞬間，那個少女的存在感頓時已重到彷彿百年前就佇立在那了。這股強大的壓迫感到底是什麼？

「什…………？」

我生平第一次見識到如此適用「大放異彩」這個都快長青苔的形容詞的人。

我和她完完全全是第一次見面。這樣的少女只要看過一眼就不可能忘記。

可是——這猶如嚴冬雪山的寒氣襲來般的觸感是什麼？這份似曾相識的感受又是……？

那傢伙緩緩抬起臉來，在她露出相貌和表情的一瞬間，我全身寒毛都豎起來了。這傢伙是幽靈。或者不是人間界的東西？總之不是人類就對了。

「——」

她有著比長門更無機質的蒼白面容，難以形容的黑色硬質玻璃般的眼珠，以及比剛噴上消光漆的烏鴉還來得黑的黑髮。那頭黑髮長到過腰，有著波浪般的起伏。乍看就像是一支過長量又多的拖把。越往下頭髮就越往左右擴展，少女的大部分表面積可說都被頭髮占據了。就算那頭長髮具有如羽翼一般振翅高飛的功能也不足為奇，總之是相當特別的髮型。按理說留這種髮型的人應該是醒目得不得了，但是在佐佐木提到她之前，我卻完全沒注意到她。這一點實在是太怪異了。

我迅速看了看四周，果然……路人的目光都只停駐在佐佐木或橘京子身上，對這傢伙完全沒注意到。

「什麼鬼啊妳？」

「──────」

杵著不動的那傢伙沒有答腔也沒有眨眼，只是一味以想找出神社鴿群中某隻特定鴿子般的專注眼神盯著我。那是比機器還要機械化的視線，再爛的數位相機鏡頭都比她的瞳孔多一點人情味。

「──────」

那是和長門神似但種類完全不同的撲克臉。製造商、工廠、原產地都不同。如果說長門是放在戶外的冰塊，這傢伙就是乾冰，不會融解的那種，像是蒸發後就消失的冷氣團。

淡紅的唇義務性蠕動了一下。

「——啊……」

教我意外的是，從那張像是沉重得很難開啟的嘴吐出來的不是白煙，而是普通人類的語言。不得不坦白由於早做好心理上的防衛，感覺有些出人意表。

「我——觀測。這裡的——時間——流動得……非常緩慢。溫度——很悶。」

聽來像是睡意到達極限、幾近死氣沉沉的聲調。假如聲音有色彩的話，她的音色就有如老電影的那種暗褐單色調。

那傢伙的目光始終沒從我身上移開。

「——這次……不會錯——你就是……那個。」

道出意義不明到極點的一番話。由於她外型奇特，因此這般談吐倒是和給我的第一印象很一致。可是這份不協調感是什麼？這份似曾相識的感受又是什麼？

「——我是——」

雖然說得很慢，但那傢伙確實又開口了。

「九曜——」

「久要？」

乍聽之下，實在想不到是什麼字。

「周防——」

「啊？」

總之妳叫久要州房就對了？

「……——周防——九曜——」

到底是什麼啦。是久要州房還是州房久要？這傢伙頭上的齒輪該不會缺了五顆吧？

佐佐木的低笑聲，將我帶回了現實。

「阿虛，她這個人說話就是這樣子。很有趣對不對？在下是叫她九曜小姐，不過她短缺的不是齒輪，而是對固有名詞的講究。她似乎不是很明白何謂個人。不不不，她不是生病喔。她就是那種人而已。也只能這樣解釋了。」

可是這個……這個叫九曜的女生在與人交談時接不上話的程度，遠遠凌駕初次見面的長門……嗯？長門？

——不會吧？難道她也是那一類的人？

——極有可能。

猶記得寒假那次SOS合宿，滑雪場颳起了冰風暴，如幻夢一般突然出現的雪中怪屋。長門在那發高燒病倒，最後我們是靠長門的提示、春日的直覺和古泉的急中生智才得以脫險的那段插曲，現在回想起來仍有如白日夢。

和資訊統合思念體起源不同的外星生命體——廣域帶宇宙存在。

「原來如此。」

我瞪視那傢伙，將她的面貌烙印在腦細胞的記憶空間。

「那個和長門不同品種的外星人，原來就是妳？」

「——外星……人——？那是——什麼——」

「少裝蒜了！」

這麼簡單的案件，即便是我也有辦法以驚人的速效解答出來。綁匪——橘京子和古泉他們所屬的「機關」是對立的。對上朝比奈學姊的，肯定是那個未來渾小子。

東扣西算之下答案就出來了。和長門對應的，絕對就是這婆娘——周防九曜！我頓時好想大吼：「逮到妳了吧！」

我憶起先前從鶴屋家出來，回程中遇到古泉的那段談話。

——打個比方好了。假設在此有A國與B國兩個國家（中略）與A國敵對的C勢力，和與B國敵對的D勢力（中略）而C和D卻締結同盟（後略）——

終於來了嗎。長門所屬的資訊統合思念體若是F，周防九曜便是G勢力的先鋒。

九曜看著擺出防禦架勢的我，像是在看銅鐸複製品（註：銅鐸是一種吊鐘形的青銅器）似的說：

「——你的——」

她以太舊而整個拉長走音的錄音帶的聲音——

「眼睛——真是——美……」

吐出完全無意義的話語。

我的結論是——

這傢伙是比長門、喜綠學姊或現已不在的朝倉涼子品質還差的外星瑕疵品。

再怎麼探她的口風都是浪費時間。其實也沒什麼好探的。我根本就不想跟她來往。

「阿虛，雖然你對她們的觀感不好……」

佐佐木忍著笑意，捧著肚子說：

「在下卻只有她們了。沒有人願意主動跟我攀談。北高裡像九曜小姐這樣獨樹一格的人很多嗎？有的話就好。可惜我不是北高的學生。儘管嘴上抱怨，還是不得不把剩下的兩年唸完。等在下順利考上理想的大學，非玩個痛快不可。」

「佐佐木。」我對老朋友說：「妳知不知道這些人的真正身分？」

「她們都跟我說了，現在知道了。真的是非常弔詭。所以在下的心態才會那麼微妙，很難說相不相信。」

佐佐木看著我的眼睛彎成拋物線，笑了開來。

「可是看到你的反應就知道了。她們是不折不扣的真貨。」

接著她對九曜和橘京子投以清爽得猶如衣物浸溫水去漿過的目光──

「妳們是外星知性人型侵略者，和有條件限制的超能力使者。還有一位是未來人吧？說是三張王牌，我倒覺得是三重苦……原來如此。我開始相信了。」

不要，佐佐木。別跟著她們胡搞瞎搞。否則妳會變成第二個我。可惡，九曜那個妖女就算了，假使我和橘京子今天也是頭一次碰面，我就會呈現出截然不同的反應，臉上也不致於洩露多餘的訊息。佐佐木不只頭腦好，眼睛也很尖。即使現在開始裝蒜，憑我的說服能力也休想矇混過去。

罪魁禍首橘京子溫文得不像是罪犯的面容不住微笑。她不會是為了這時候的演出效果，故意在二月時幹出那種事吧？這麼說，那位未來渾小子也是囉？他到底在哪？

就在我到處掃射疑惑的眼神時，橘京子開口了：

「他說過來見你太蠢了，他不幹這種事。他現在應該在某個地方，不過他今天好像不打算跟你見面。」

她特別加重「今天」兩個字，代那渾小子傳話給我。

很好，我也不想看到他。如果可以，我還想謝絕這謎樣二女組呢。

「那可不成。這事不管怎麼拖最後一定會變這樣。我們也是等很久才等到這一刻的。我看就算了吧。」

她閉上嘴不出聲地笑道：

「他大概也是這麼想。反正該來的總是會來。不管延多久，避不掉的事情就是避不掉。越早受傷，傷口也癒合得越快，不是嗎？」

話中加了個「他」，讓我直覺以為橘京子是在說那個未來男，結果並不是。

橘京子的視線直接穿透到我身後，彷彿我是個透明人。令人顫慄的不祥預感沿著背脊直竄上來。我有時會想：像顫慄、恐懼、難以名狀這些形容詞雖然很常用，但是其真正的意涵和感覺還真的很少親身經歷。另外像是「紙畫的大餅」以及「揹著蔥跑過來的鴨子」也是。（註：日本有道料理叫「鴨鍋」，主要材料是鴨肉和大蔥。既然鴨子揹著蔥跑過來讓你煮了，意思就是「水到渠成」。）

腦子裡一片空白。我明白了，就是這個。我知道我剛才很難用言語說分明的那種難以名狀的顫慄與恐懼是什麼樣的感覺了。

我回過頭。

古泉就站在那裡。他是從車站的剪票口那個方向過來的吧。裝扮輕便中帶著帥氣，可圈可點。一副在等我發現似的，手插進褲袋裡，閒得發慌的樣子。

只有古泉倒還好。畢竟他是唯一一位能和我面對的三人平起平坐，對等論戰的北高學生。

「嗚…………」我流下一滴豆大的汗珠。

最壞最壞的情況，莫過於古泉身旁站了涼宮春日這位ＳＯＳ團的最高權力者，臉上的表情活像是目擊到地方父母官惡行的代天巡府，呆望著我不動；斜後方則是站了長門，朝比奈學姊也在場的情況。

總之，ＳＯＳ團不知何時已經全員到齊。而且大夥像是要防堵自由球似的，緩緩朝我和佐佐木一行人包圍過來。

一看手錶才知道現在離上午九點尚有十五分鐘。他們什麼時候到的我不曉得，難怪我老是當上沒超過集合時間但依然算是遲到的包尾大王。

不過——現在可沒閒功夫講這個。

春日的眼神一與我對上，就馬上朝我走來。身後跟著三名看似服侍皇后的小宮女的團員們。分別是每次出門為了搭配完美的穿著想必也很傷神的古泉，沒有特別交代就只會穿制服的長門，以及身著一襲有如柔柔春光少女裝的朝比奈學姊。

而我的心情活像是看到雷達掃描到，有股超低氣壓將伴隨著巨大雲海來襲的管制官。

春日就像嗅到大麻味道的機場緝毒犬，停了下來——

「我還以為你比我們早到，本來想誇你一番的，怎麼？搞半天你是先跟人家有約？」

「我們只是碰巧遇到。」

佐佐木如此回答。但她不是看著春日，而是看著我。

「住在這一區的人，約會碰面的地點都不外乎這個大地標。我只是和認識的人約在這裡集合而已。阿虛，在下也跟你一樣，有幾位你不知道的朋友。我們已全都到齊，差不多該走了。」

那真是天助我也。不好意思，請妳們快快走。不過……拜託別走進附近那家咖啡廳。我們待會會過去坐坐。要是沒空位就傷腦筋了。

「好吧。在下會考慮考慮。才剛道別又再見面其實也挺尷尬的。我們待會應該會坐電車去遠一點的地方。」

丟出一個正合我意的回答後，佐佐木向春日一鞠躬：

「涼宮同學，阿虛就麻煩妳多照顧了。我想，他在高中若沒人逼就不會主動念書，課外活動也懶得去吧？在阿虛的母親大人耐心用光前再不設法讓阿虛的成績有起色，阿虛就會和國中時一樣放學後被逼著去補習。不出這學期，頂多到暑假，我猜阿虛的母親大人就會採取行動了。」

「呃？喔，嗯。」

春日勉強吐出幾個字規避自己的無言，她的表情就像是爬山時發現新品種昆蟲的小孩那樣瞪大了眼睛。

假如這是某人想造成我心神不寧的特意安排，眼前這兩人對談的畫面已夠讓我心臟麻痺的了。但我心裡很清楚：還有更刺激的畫面。

假日人潮穿梭來去的站前廣場、高中生三五成群的景象——眼前均是沒什麼值得注目、不值一提的日常風景。

然而——我彷彿聽到了某個角落裡，傳來看不見也不可能聽得見的巨大力量互相角力的撞擊聲。

佐佐木朝春日微微一笑，同樣的，橘京子和九曜的視線也各自投射往別的方向。映照在橘京子眼眸裡的，是本團副團長從頭時髦到腳的裝扮。

兩人始終沒有打招呼。古泉的微笑撲克臉也始終不變。我隱約覺得他的表情不太妙，但察覺到的只有我吧。另一方面，橘京子的表情倒像是終於在台上大鳴大放的新進女演員那樣志得意滿。

但是——摩擦聲的起源並不是這兩人。人類與人類的面對面不會引起那樣大的震盪。猶如在遙遠的地底下大陸板塊和海洋板塊互相撞擊那般，讓我有精神上極度不穩定之感的是——

「…………」

「——」

凝視彼此一動也不動的兩個人影——長門和九曜。

仔細想想……對喔，好幾次長門發怒抓狂時，我都在場耶。像是和電研社的遊戲對決、還有學生會長發表文藝社廢社宣言的時候。對朝倉戰時長門有沒有發怒，我就不確定了。畢竟當時的我實在沒有多餘的心力去感受，長門或許也還沒有那樣的感情。

可是剛才，我總算明白了一件事。

那就是我自豪已練就到能判別長門感情變化的好眼力，原來才只有中等程度。

「……………」

專心一致且面無表情的長門無感情得直達樸實剛毅程度的雙眸裡，投射出空洞得讓人心軟的虛無。具透明感的瞳孔裡的投影，是名為周防九曜的異種外星人製人造人。

四周的喧囂、穿梭的人潮，彷彿都已遠離。就算現在地面迸裂，冒出巨大蟋蟀，我也不會感到驚訝。

簡直像是被封閉在異空間那樣，現實感完全喪失——

「請、請問……」

幫我解除放空狀態的，是飄落凡間的精靈，我的護眼達人，同時也是我的精神支柱。

「阿虛？你怎麼了？看你的臉色不太好……」

朝比奈學姊擔心的仰望著我。

「感冒了嗎？啊。你在流汗。手帕、手帕。」

手伸進小包包，輕輕拿出花手帕遞給我。

託此情此景的福，我完全清醒了。

「我很好，朝比奈學姊。」

不想讓我的臭汗弄髒學姊整潔的手帕。用襯衫的袖口擦一擦就行了。

一時之間，我開始感謝起那個未來渾小子了。幸虧那小子不在場，朝比奈學姊才不必像古泉和長門一樣，跟對手大眼瞪小眼。

我一擦掉像是沒有劇本，硬著頭皮在現場轉播的總統選舉電視辯論會上台的發言人冒的冷汗時——

「阿虛，在下要走囉。」

不知和春日在談什麼的佐佐木結束了談話。

「對了對了。你最近有空的話，打個電話給須藤好嗎？他好像真的要開始籌備同學會了。上次他又打電話來。聽他的口氣好像是想請你當北高的窗口。」

為什麼他不是跟我講，而是跟妳講？難道須藤不是對岡本有意思，而是對妳有好感？

「不可能。」

佐佐木不假思索否認：

「在下從未特意討好任何人，也不曾對什麼人示好。阿虛，你不是最了解這一點的嗎？」

不，我不了解。

「是嗎？」佐佐木又咯咯笑了起來：「就當作是那樣吧。」

留下謎樣的話語後，將舉起的手翻面。

「再見。」

佐佐木經過我身旁、朝剪票口走去，橘京子和九曜也靜靜地移動。前者是一副不知情的模樣，後者則像是一片朦朧的煙霧飄過。

在古泉和長門進入老僧入定般的無語狀態時，就只有朝比奈學姊愣愣站在一旁。不管在哪都令人安心，可愛得目眩神迷。I loving you，朝比奈學姊，好想好想緊緊摟住妳。

待那三人的身影消失在站內，春日就開始唸了：

「我還是覺得她怪怪的。嗯——不過，她在你的朋友裡面算是較有趣的一個。雖然她的言行舉止有點不太自然。」

佐佐木要是聽到妳這番話，一定會以為妳在稱讚她。她就是那種怪人。

「是啊，她的朋友好像比你多。」

這倒是實話，她是比我擅於交際。但是呢，佐佐木……

我嚥下嘆息，將到口的話語在胃裡頭翻了兩翻。

佐佐木不會真打算和外星人、未來人、超能力者架起友誼的橋樑吧？就算想拓展社交圈，也得先定下界限才是啊——

都怪我把事情想得太複雜，以致於腦子一時半刻沒轉過來。

橘京子對古泉、周防九曜對長門、未來人無名氏對朝比奈學姊……

那佐佐木咧？她完全被我漏掉了。

那傢伙到底對應誰，當時的我完完全全沒有想到。

跟佐佐木以及附贈的兩位分手後幾分鐘，我們五人像在盡國民義務似的轉進咖啡廳，肅靜的聽取春日得意洋洋的宣布今日預定行程。

這回應該輪不到我請客。好不容易我第二次頭一個到達集合地點，本來是值得紀念的光榮事蹟，我卻一點也高興不起來，是因為沒有等人的感覺吧。真懷念長門、古泉和朝比奈學姊缺席的那一天，好整以暇等待春日到來的那段時光。雖然那次我最後還是有出錢，但還是很爽。

「大家是同時到剪票口的。」

春日喝著美式冰咖啡，發出高分貝的咕嘟咕嘟聲。

「因此沒有人是敬陪末座。只有你是第一個到。因此這次就平均分擔吧。」

什麼「因此」？而且還一連說了兩次。重覆同樣的接續詞會讓人覺得妳很笨。還有，不要自己亂定規則，不然下次我也有樣學樣，跟長門或朝比奈學姊串通好，大跳奧克拉荷馬土風舞過來喔。

「那可不行。」

春日叼著吸管甩了甩：

「事先協商不成立。我醜話先說在前頭，你們是騙不了我的。要是被踢爆，就處以罰金十倍之刑。」

誰會去查那種東西啊。何況只要事先串供好，事跡就不會敗露；公平交易委員會若真要查緝，第一個也會先找上春日……算了。罰金變成十倍的話，別說是定存解約了，我可能還得去拜託銀行超貸給我。

「對了，關於今天的行程——」

春日冷飲喝完後，環視了我們一下，我也跟著窺伺起其他三人的表情。

捧著錫蘭紅茶杯，舉止高雅的朝比奈學姊一如往常專注的聆聽春日談話，長門直盯著杏桃汁一點一點降低的水面，古泉則是雙手抱胸，繼續當他的笑面郎君。

乍看之下，SOS團團員都沒有變。長門是不用說，古泉那張營業用面容則是萬年不垮，值得褒獎。光是這一點，我就很想找這兩人討教討教。

反正接下來一定是春日喜歡的分組抽籤大會。我才這麼想——

「我決定不分組了。」

春日道出了驚人之語。

「之前我就在想，分成兩人和三人個別行動好像不太好。既然是巡視同一區，多一點人不是更容易發現異狀嗎？兩人和五人就差了一倍之多耶。」

春日以探詢的目光看著我：

「尤其是阿虛，你都沒認真在找不可思議的事物對不對？有次你就在圖書館睡覺。」

妳記得真清楚。我用眼角餘光捕捉到長門和朝比奈學姊微顫了一下。

「喂，春日。妳說的不可思議事物是什麼來著？不好意思，我差不多都忘光了，拜託再講一次吧。」

「那麼簡單的東西你都會忘？給我好好記住。」

春日厭煩的將臉頰上的頭髮撥開：

「只要是無法解釋的現象就行。像是感到疑惑的現象、充滿謎團的人、時空扭曲的場所、假裝是地球人的外星人等等諸如此類都可以。」

妳乾脆請在場的團員現身說法比較快——想歸想，我也只敢在心中如此嘆息。

看來真的得另外跟長門和古泉約個時間見面了。看這氣氛不宜在團體行動中背著春日竊竊私語。風險太高了。

只要看看長門和古泉的臉色，以及朝比奈學姊仍舊是平常那個朝比奈學姊，另一個我沒有從未來跑來攪亂一池春水，事情大概就不會棘手到哪去。

再好不過——我望著春日心想。

這女人的向心力強烈到荒謬的地步。那樣一來就不會有事。不用刻意說服自己，也沒必要感到混亂。

存在的本身就蠢到不行的我們ＳＯＳ團，也是歷經許多風風雨雨，才得以像現在這樣，成為吳越同舟，作繭自縛的命運共同體。只要船長命大沒死，這艘船不管去到何處都會無視海上交通安全乘風破浪。縱使以印度次大陸（註：即印度半島）為目標出航，最後也能不費吹灰之力攻上亞拉拉特山頂。

我深深感受到春日的精力已蓄勢待發，同時讓杯底殘存的冰歐蕾連同融化變小的冰塊一起流入口裡。

「好，我們走吧。」

春日將桌上的帳單反射性遞給我的那一瞬間，她似乎想起了自己發表的平均分擔宣言。只見她巧妙地粉飾太平、裝作什麼事都沒有的臉龐，叨起插在空玻璃杯中的吸管。

幾小時後，我們一行人以車站為中心四處走走看看。

稍微偏離主要幹道後，一個月前沒有的建築物和店家像突然冒出來似的一棟棟蓋好了，不然就是像被抹除似的消失不見，果真是韶光飛逝。但是在商業主義荼毒下的現代，這樣的情形或許才是正常。反觀我家附近在我出生前就在的小酒鋪，那才真叫跟不上時代。才想說有一家便利商店進駐，沒多久就歇業，然後又再開另一家便利商店，簡直像是在玩俄羅斯輪盤似的不安定。可是見到昔日的風景依舊，我就感到莫名安心。

值得慶幸的是，我們後來沒再遇到佐佐木一行人。每到轉角處我就有所防備，不過佐佐木好像真的搭電車到別處去了。雖然很想對她帶那兩人來一事求償；但最起碼她還是有替我著想。應該要謝謝人家。

這一整天，我們五人都是團體行動。在一家老闆出於興趣所研發的獨特菜單、極負盛名的咖哩店用完中餐後的午后時光也是一樣。其他三人完全是陪春日和朝比奈學姊只逛不買，旁人看來也一定會有那種感覺。

在流行精品店的雜貨區眼睛發亮的朝比奈學姊，在眼鏡行店頭讓春日戴上各類型太陽眼鏡的長門，時而奉承、時而聊聊天氣、提供自己班上的話題來活絡氣氛的古泉——

普通過了頭反倒令人覺得不可思議的一天，就這麼過去了。

啊，真是快樂。你有什麼不滿嗎？

那一夜——

在一件不可思議現象都沒出現的情況下，新年度第一屆不可思議探索之旅結束，春日宣布解散的同時，迅速衝回家的我，吃完晚餐，東摸摸西摸摸了好一會，接在妹妹後面洗澡。

用比貓用洗毛劑還廉價的洗髮精洗好頭、將身上的污垢塵埃完全洗淨後，浸泡在浴缸裡，哼唱著被迫聽了好幾遍不由自主背起來，由老妹作詞作曲的「喫飯之歌」時，浴室門突然被打開來。

「阿虛——電話！」

離我僅一步之遙的老妹身穿睡衣，探頭進來。

電話啊。算了，我早有預感會有事。我正好也有事找他們。反正我早有心理準備，不是古泉就是長門。老妹拿著子機，微微一笑：

「對方問說：『哥哥在嗎？』我回說：『阿虛在啊。』」

妳真該學學對方那麼叫我。

「誰打來的？」

「一——個女——生——」

老妹以稚嫩的語調說著，我無意義的用放在頭上的毛巾擦擦手，接過老妹拿著的話筒。

跟妳講過多少次，至少名字要問一下嘛？萬一是怪怪的電話行銷或強迫推銷不需要的教材，那怎麼辦？

「啊，阿虛。等你洗好澡，要教我寫作業喔。算術～習～題～」

在老妹以古怪的抑揚頓挫歌唱完畢後，害羞得吐吐舌頭，以幼稚園小朋友般稚氣的小跳步出了脫衣室。

哪個女生會在這個時間、這個時機打電話給我？

應該不是春日。會是長門為了今早的事打來找我嗎？還是朝比奈學姊……拜託不要是朝比奈小姐。我現在可沒心情聽奇奇怪怪的忠告。

「喂喂？」

我小心不滑入浴缸，沿著邊緣伸出頭來，將話筒擱在耳邊。

『喂喂。』

有如空谷迴音般反射回來的那個聲音——

第二章

α—1

『喂喂。』

有如空谷迴音般反射回來的那個聲音，是完全沒有聽過的女聲。

不是春日也不是長門，更不是時間帶上的任何一位朝比奈學姊。既不是森小姐與阪中，也並非周防九曜和橘京子，甚至不是很有可能會打來的佐佐木。只要聽對方說一句話我就曉得了。這個人我不認識，這個聲音也是尚未震動過我的鼓膜的聲音。

『啊。你在洗澡？真是不好意思。我打來得不是時候。需要我再重打嗎？』

那倒是不必——在我這麼回答前——

『可是可是，老是打電話煩你也不太好。再次跟你說聲對不起。』

陌生的聲音如行雲流水般從聽筒迸出。我打斷對方的話：

「妳是誰？先報上名來好不好？」

『是我呀。本・小・姐・是・也。』

不，妳不可能是春日。何況這實在不算是自我介紹。

『怎麼會～』

陌生的聲音說道。雖然對方是女生，但是透過電話，我也無法完全斷定對方是女的。聲音的主人繼續以清朗而昂揚的語調說：

『不過沒關係。我只是想跟你打個招呼而已。呵呵，令妹在電話裡好可愛。我也好想有這麼一個妹妹。算術～習～題～呵呵，真可愛。』

嗯？我心想。我對這個人的聲音雖然沒印象，說話的調調倒是和某人很像。感覺上像是平常絕對不會這麼說話的人，突然扮演起說話的這個角色似的。但是——不管怎麼翻找聲音記錄器都找不到。只是覺得對方的用語稚嫩得和我妹有得拚。

『我想聽聽學長的聲音。』

聲音的主人繼續說：

『就只是這樣而已。沒什麼特別意義。以後若有什麼地方需要學長照顧，還請你不吝賜教。如果能一直交往下去就更好了……我在說什麼呀。』

慢著。她剛才叫我「學長」耶。那她不就比我小？儘管如此，我還是想不起來她是誰。拜託告訴我全名吧。就在我開口之前——

『我要掛電話囉。再見。如果有機會能見面的話。呵呵。』

噗！

對方很沒禮貌地掛斷了電話。

這是怎麼回事？光是見到闊別多時的佐佐木、橘京子以及九曜，我就快撐不下去了。拜託暫時別再跑出新人物來亂。

我忽然想到可以翻查電話機的來電號碼，結果一查，是不顯示號碼。

從浴室出來，穿上睡衣時，我也不斷自問這個打電話來的女生究竟是誰，結果只證明我是在浪費時間。

「今天到底是會變怎麼樣……？」

這種事想也沒有用，還是順其自然吧。真想違抗自然的話，不管找什麼藉口，我都會那樣做。如果有什麼萬一，我會一一照著說明難度較低的順序——古泉、朝比奈學姊、長門、然後經過無限大的距離，找春日——商量的。結果變怎樣，就不關我的事了。

「唉唉唉。」

明天是難得的全天假日，只要春日不要在我就寢前又想到什麼，我就有一個悠閒的星期日可過了。

為了不讓泡澡的餘溫褪去，我像抱熱水袋一樣抱起三味線，朝有老妹等著的房間走去。

β—1

『喂喂。』

有如空谷迴音般反射回來的那個聲音，是今早才聽過的女聲。

如果是春日、長門或朝比奈（大）打來的，說不定還好一點。如果是春日打來的，八成只是宣布明天要進行多天真的計劃，我也有必要跟長門進行九曜的簡報。朝比奈小姐的話，我也有許多事想問她。

『啊？你在洗澡？令妹直接跟在下說不就好了。需要重打一次嗎？不過你會接這通電話，就表示你差不多快洗好了吧？』

我腦中浮現的影像不是別人。我說出了那個耳熟聲音的主人名字。

「佐佐木？」

『對，正是在下。今天早上本來想跟你多聊聊的。可惜涼宮同學他們太早來了。這應該可說是失算吧。』

佐佐木咯咯發笑。

『話又說回來，你家小妹都沒有變耶。在下有報上名號，不知是她沒聽到，還是完全忘了有在下這個人，不過這也不能怪她。畢竟我們之前也才見過兩次……不，三次面而已。』

「我當舍妹的數學家教還綽綽有餘。」

教那小妮子，是我對這個家寥寥可數的貢獻之一。

『在下曉得。在下沒有搶走你可愛小妹的意思。世上不相干的陌生人有好幾十億，有血緣關係的家人卻是少之又少。反過來說，那更突顯出家人的稀有價值。那才是這世上最該好好珍惜的關係。畢竟血濃於水。』

「說吧，找我什麼事？」

『那在下就單刀直入了。明天上午九點請你務必再來站前廣場一趟。地點你曉得吧。跟你說是老地方，你應該就懂了。至於找你有什麼事——嗯，在下就不清楚了，你還是當面問橘小姐她們吧。在下認為你應該比我更能進入狀況。』

「那票人也要來啊？」

我想到那個沉靜得令人發毛的九曜，語氣就顯得不耐煩。

『那個男的也應該會來。就是你說的那個什麼……啊，自稱是未來人那個。』

越來越煩了。要是那渾小子又針對朝比奈學姊做人身攻擊，我這次就沒自信把持

得住了。到時我要是想揍那小子的話，妳要阻擋我喔。

『這麼說你是肯來了？阿虛，你儘管放心。那三人都希望能促成一場和平的對談。如果言語交談就能達成溝通，不管對誰而言都是皆大歡喜。』

假如能用地球語言跟外星人溝通當然好囉。這個不重要——

「佐佐木，妳今天後來和那些人去哪裡了？」

『你要在下的不在場證明是嗎？我們搭電車離開，隨便在某一站下車，然後就在鬧區閒逛。橘小姐是位很好相處的大家閨秀，她說了很多學校的趣事給我們聽。』

佐佐木若無其事地補上一句：

『還有四年前發生的事情。』

四年前。

我是在去年聽到的，當時是三年前。那是所有的人都掛在嘴上，深入追究的話我就會搖頭否定的關鍵詞。春日以變態超人的力量做了某些事的時間點開始到現在的這段歲月，已足以再舉行一屆奧運了。

「她說了什麼？」

『你還是直接問她吧。在下也是聽得很混亂。啊，阿虛……其實在下的內心相當動搖，就像是不會游泳的小學生得知游泳課就排在明天那樣的感受。』

我憶起了佇立在國中游泳池畔，佐佐木穿泳裝的模樣。這傢伙的確是女的沒錯，只有和班上其他女生在一起時才像是普通的女學生。水準以上的和藹可親度，還有說話時閃閃發光的眼眸。沒錯，除了和男生談話的時間外，她可說是隨處可見的普通國中生……現在是高中生。

儘管如此，為什麼佐佐木會打電話跟我聊這些奇奇怪怪的事？實在太不正常了。到底是哪裡出錯了？又是誰的錯？

「佐佐木，我明白妳是那票人的中間人，但妳為何要做這種事？我實在不明白。」

佐佐木在電話那一頭沉默了半晌，才爆出有含意的笑聲。

『因為在下是你的朋友啊。試問還有誰比我更適任？假設他們找上的不是我，而是其他人，你會二話不說出來見面嗎？你不是那麼好騙的人吧。只是常辯不贏人家。』

我也不認為我辯得贏妳。

『你是絕佳的傾聽者。不是很聰明，但見識也不會淺薄到哪去。別生氣，在下是在誇你。不管說什麼，對方都無法理解的話無異是對牛彈琴；但是跟早就知道的人大談既有的資訊更沒意思。在這點上，你是位令人安心的談話對象。你給人的感覺就是一個很好攀談的人。』

我是聽不出哪裡在誇我啦，但是聽佐佐木一講，我也開始有這種感覺了。仔細一想，我的確是這樣的人。

『差不多該掛電話了。要是耽擱了令妹的讀書時間，在下可就過意不去了。也不好害你失去展現兄長尊嚴的時間。明天就請你在約定時間內趕來。否則，在下翻箱倒櫃挖出昔日學生名冊的時間就整個浪費掉了。假如你在賀年卡上有寫電話號碼就省事不少了。』

好，我會去，一定去。

我正好也想再找妳談一談。就不用確認ＩＦＦ（註：Identification, Friend or Foe，敵我辨識裝置）了，按照前例就足以判定那群外星人、未來人和超能力者是敵方。他們不是一個個找上門而是一起來，對我也是省事不少。

『小心別受涼了。在下就講到這裡，請代我向令家人問好。』

她慢條斯理掛斷了電話。

我急急忙忙出了浴室，換上睡衣衝向房間。

β—2

我拿起床上三味線用來當枕頭的手機撥號。才一響，對方就接了。

『我是古泉。』

迅速得像是人坐在電話旁邊等待似的，佩服、佩服。

『我想你差不多也該打電話來了。只是沒想到會這麼慢。我以為散會後你就會馬上打來的。』

佐佐木打來後，我就打給你啦。如果說這樣也叫慢，電話線就得改用超光速粒子傳送了。

『嗯？好像有點雞同鴨講……原來如此，那邊主動聯絡你了是嗎？不不，不管佐佐木同學有沒有打電話給你，我早就料想到你會打給我了。你應該有話想問我吧？』

「你認識那個叫橘京子的嗎？」

『當然認識。她是與我們的意見始終維持平行線，也就是敵對勢力的幹部。』

真想知道你們是如何個敵對法。總不至於是暗地裡拳來腳踢吧？還是在閉鎖空間裡進行超能力大戰？

『如果是，那一定很好玩。不過很遺憾並不是，一時之間我也很難跟你說分明。只能說涼宮同學創造出的閉鎖空間，她們是不能出入的……不過──橘京子一派和我隸屬的「機關」實質上相差無幾。我們都是在類似的思想體系下運作，只是解釋有所不同。』

你是說春日在三……不，四年前創造了世界的那個「涼宮春日為神論」？

『因為無法證明，目前尚停留在假說的階段。不過老實說，就是那麼一回事。「機關」裡信奉此說的人很多。我們的能力是涼宮同學所賜予，也是千真萬確的事實。這一點無須爭論，這是包括我在內，全員不可動搖的認知。』

橘京子呢？

『她是沒能得到涼宮同學賜予的那一方的代表，所以才……應該這麼說才對，在她們的信仰中，她們才是正宗的神選者。她們的世界並不是像我們一樣是以涼宮同學為主軸。明明只要袖手旁觀就好，卻因為對情況有了一知半解而想跳出來爭取主權，我是可以體諒她們的心情啦。』

古泉解說的語氣中帶了絲憐憫。

『然後呢？佐佐木同學跟你說了什麼？』

「她要我明天去見那票人。」

我將佐佐木說過的話簡單扼要講了一下。

「我也不知道他們要跟我講什麼。我正好也有事想找他們——給他們一人一拳！」

古泉笑了一笑：

『請容在下提醒你一下，橘京子並未對你和涼宮同學施暴喔。那次綁架事件她應該

也是持反對意見。只是受到未來人的慫恿，部分情況才會失控，這點是她失算了。何況對他們而言，你們兩位都是重要人物。真正有危險性的是長門同學的對手。他們的想法遠比資訊統合思念體更撲朔迷離。』

還望你謹言慎行——以這句作為結尾後，我與古泉的緊急熱線就宣告結束。沒再跟他多說什麼，是因為我相信說這些古泉就應該會明白我的意思——萬一我被綁架，就拜託你來救我啦。

「現在——」

接下來就是長門了。

不必翻閱手機的電話簿，我也清楚記得這個號碼。

這次是響了三聲。

『…………』

「長門，是我。」

『…………』

「是這樣的，明天——」

對方始終沒應答，但沉默的氣息已告訴了我接電話的人是誰。我自顧自說下去：

「所以——明天我會再跟今天遇到的那個外星人見面。」說到這裡時——

『是嗎？』

終於聽到了長門淡淡的回應。

「如果佐佐木所言不假，那票人應該也是和平主義者。古泉也大致是這麼認為。妳呢？妳的看法是如何？」

『…………』

彷彿在查字典似的，沉默了一陣子後——

『現階段危險性很低。是可以無視的等級。』

長門說的話就是有信服力，我整個身體突然都放鬆下來了。

『資訊統合思念體正全力對他們進行解析。』

「掌握到他們的真面目了嗎？」

『還沒。目前只查到他們是遍及全宇宙的廣域情報意識。』

「妳能跟那個叫九曜的打招呼嗎？」

『概念無法共有。思考程序依然不明。』

謎樣的外星人依然很謎樣就對了。

就在我考慮要不要將那個叫九曜的抓起來，讓渡給某個外太空開發機構時，長門突然又接著說：

『方便起見，我們決定給他們一個暫時的稱呼。』

「哦？可以說給我聽聽嗎？」

『天蓋領域。』

長門毫不惺惺作態，淡淡地陳述出來：

『在我們看來，他們就是從天頂方向過來的。』

α—2

陪老妹寫完習題後，將三味線留在她房間，回到自己房間的我，拿起丟在床上的手機撥號。才一響，對方就接了。

『我是古泉。』

迅速得像是人坐在電話旁邊等待似的，佩服、佩服、佩服。

『我想你差不多也該打電話來了。只是沒想到會這麼慢。我以為散會後你就會馬上打來的。』

我又不是急驚風。事實上我也需要一點時間整理思緒。

「今天遇到的那票人，到底是什麼人？」

『這正是我想問你的問題，不過橘京子的情報我就不用問你了。我早就有預感她們那一派不甘再等下去。那次綁架事件就是前哨戰。只不過那次的行動未必是橘京子的本意。』

想不到你會替她辯護。

『我只是想避免無謂的紛爭。脣槍舌戰畢竟不符我的本性。幸好橘京子算是還能溝通。「理智的敵軍比愚昧的友軍更值得讚賞」，真是句至理名言（註：此語出自羅馬名將費比烏斯（Fabius））。不管是哪一方，靜靜在一旁觀望就好了……不過這也是一個好時機。冬天來了，春天還會遠嗎？總比兩方像冰河期那樣繼續冷戰下去來得好，不是嗎？』

只要我的神經別繼續耗弱下去就好。

『還有一個可能，就是未來人又在教唆她們了。加上長門同學的對手也出現了，她們更不得不採取行動。』

那票人到底是想幹嘛？

『坦白說，橘京子一派和我隸屬的「機關」實質上相差無幾。我們都是在類似的思想體系下運作，只是對涼宮同學的解釋有所不同。她們想儘可能排除自己一派是錯誤的可能性，我可以體諒她們的心情，換作是我們，也會這麼說。我們可以行使類似超能力的力量，是因為有涼宮同學的賜予，這份確信絕不會動搖。』

你是說春日在三……不，四年前創造了世界的那個「涼宮春日為神論」？

『這不是信不信由你的問題。姑且把神不神的問題擱一旁，涼宮同學是閉鎖空間和《神人》的發生源，我們的確是為平定《神人》而存在也是無庸置疑的事實。這是因為我打從一開始就是那麼認定，現在才說那是錯誤的，任誰都難以接受，所以在這個論點上我絕不退讓。』

假如爭辯就能解決問題的話倒還好——古泉以超然的口氣繼續說道：

『橘京子和佐佐木同學還算ＯＫ。至少她們和我們是生於同時代的人，擁有共同的價值觀，也容易監視。完全猜不出動向的就只有非資訊統合思念體製造的ＴＦＥＩ了。但是除了周防九曜以外都沒發現其他個體，由此可推斷她可能是單獨來到地球。手段不可考，目的自然也無解。兩相比較之下，未來人算可愛多了。』

不用你說我也知道朝比奈學姊很可愛，但我可不認為所有未來人皆同理可證。

『英雄所見略同。和我們採取同樣行動的朝比奈學姊自然也列入保護對象，畢竟她是可愛得無以復加的學姊，我們也不會棄她於不顧。只不過，我們不希望把未來的爭戰帶到過去。算了，和未來人相關的事件，未來人之間應該會想辦法解決吧。』

不然就太不負責任了——古泉又補上一句。

『以外的事情，我和長門同學會負責解決。你也會吧？相信你也不會坐視涼宮同學受到魔爪的迫害才是。』

是啦，好歹那女人也是咱們的團長。

『我們目前只須靜待對方出招即可，無須過分擔憂。不管怎麼說，我們這一邊都有涼宮同學當靠山。』

β—3

結束和長門的通話後，差不多在同時，老妹抱著整套教材跑來找我，大概是等得不耐煩了吧。

結果她一進我房間，就將文具、算術習題簿亂丟在地板上，逗弄起三味線，玩了好一陣子才開始寫功課。寫完都過一小時了。不愧是與我有血緣關係的親妹妹，在學力上完全無法期待。單純的四則演算，她可以輕鬆解出來，稍微拐個彎的問題，腦子就打結了。

我將代為解好的應用問題集和筆記本交給她，說道：

「寫好了就快滾。最好連三味線也一併帶走。牠老愛睡在棉被上，重死了。」

「三味，要和我一起睡嗎？」

花貓一臉狐疑抬頭看了看老妹，慢條斯理鑽進我的被窩裡。

「牠說不要。」

不知在開心什麼，老妹抱著習題，踩著舞步離開了房間。我妹就是這樣，率直得可愛。她這個大優點，值得我拍胸脯保證。

我不經意的打開電視，不曉得要看哪一台就隨便亂轉，腦中轉的卻都是明天的事。有個心理準備總是比較好。

今天還是早點睡好了。

α—3

結束和古泉的通話後，我開始煩惱要不要打個電話給長門。最後下了結論：又不是什麼大事，何必半夜打電話騷擾人家。就將手機放在枕邊。

如果九曜對長門來說是宣告危急存亡之秋來臨的死神的話，長門是不可能坐以待斃的。何況明天是星期日。是慈悲為懷的本團團長惠賜給我們真正的週末假日，就讓她好好休養身心吧。

到了星期一，就算不想見面，也會在教室或是社團教室碰面。長門的外星人講座等午休時間去社團教室就能聽到了吧。

才想說來看跟長門借了一直沒看的書時，我的房門響起了沙沙聲的暗號。打開一看，三味線喉嚨發出咕嚕嚕的聲響，一副愛睏樣走進來，沒對我這個門僮說句感謝的話就跳上床鋪，縮成一團閉上眼睛。

那副神情像是在說世界和貓族的壽命永垂不朽。

α—4

翌日，星期天——

乏善可陳的一天。看看書、打打電動、東摸摸西摸摸，享受孤獨時光，轉眼已是日暮時分。偶爾有個與春日他們無關，可以這樣閒散的假日也不壞。

又是明天了。引發憂鬱的週日夜落幕，苦苦等待下一次週末到來的心焦再度周而復始，一週全新的第一天——

星期一到來。

β－4

翌日，星期天——

我早上七點醒來，整理好儀容，等到進入隨時可從自宅出發的狀態時，正好是鬧鐘響後三十分鐘。

從來沒有像今天這樣，覺得養成習慣的快吃快穿很浪費。其實我大可慢慢來的，就怕回籠覺一睡下去，不睡上個兩小時爬不起來。

不得已只好在廚房看看早報，這時家裡號稱最不會賴床的老妹穿著睡衣跑進來，難以置信的望著我。

「哇！阿虛連續兩天都比我早起耶。為什麼？」

這有什麼好問的。我好歹也是一名目前的人生比小學六年級生更忙碌的高中生吧。等妳像我這麼大，對現在的自己就會懷念特別多。好好享受妳的小學時代吧，別空留遺恨。畢業作文最好也別搞笑。

「哦～那你今天要去哪裡？春日喵也會去嗎？」

這問題要是答得不好，搞不好這個小跟班會跟來。佐佐木應該會寬容的笑一笑，未來渾小子肯定會露出嫌惡的表情……等等，把老妹帶去說不定不錯喔。起碼在惹人厭上的效果不錯。

「我今天要跟國中時的朋友出去。」

最後，我還是三言兩語將妹妹打發掉了。要見佐佐木以後機會多得是，到現在仍對聖誕老人的存在深信不疑、在無邪的環境中培養出來的天真小妹，我不想讓她太早面臨現實的打擊。外星人是怪胎，未來人更是個討厭鬼……雖說幻滅是成長的開始，也太殘酷了。

妳和三味線乖乖待在家裡。還有——春日如果打電話來家裡，妳就設法塘塞過去。至於怎麼塘塞就隨便妳。不過可不准有半個字提到佐佐木喔。

「好～」

老妹蹦蹦跳跳跑去洗臉。

趁現在快溜。雖然時間還早，還是早點出發較保險。不然老妹再東問西問下去，只怕會打草驚蛇。待在家裡根本無法清心。一股只想快快結束今天活動的心焦悶在心頭十分難受。

可是才走出玄關，我就明白偶爾早起真的不賴。

就像在等我打開大門似的——

「下雨啦？」

我將取出的腳踏車鑰匙放回原位，一邊伸手拿傘，一邊喃喃道出遇到下雨大家一定會說的頭一句話。

起初只是幾滴意思意思的毛毛雨，不到三十秒就從梅雨變成傾盆大雨。

活像是要阻撓我出門、或是警告我的烏雲，支配了降雨機率應該只有十個百分比的天空。

雖然沒有打雷。

當我冒雨趕到站前廣場，和昨天同一批的那三個人已經在等我了。

佐佐木拿著把藏青色的折疊傘，橘京子撐的是寫有ＦＥＮ什麼字樣的名牌傘，看似長門仿冒品的周防九曜身穿女校制服，拿著像是從便利商店買來的透明傘。雨中三姝各有各的風情。

九曜怪異的大波浪長髮雖然露在便利傘的守備範圍外，可是怎麼看都不像有淋濕，而且路人都沒注意到她，幾乎到達透明人的境界了。但她並未完全透明化，證據就是一般人手上撐的傘快碰到九曜的傘時，會輕輕閃開。好便利的一把傘。

對了，到處都沒看到那個未來渾小子，他身上是披著變色龍的皮嗎？

「不，他在咖啡廳。」

佐佐木答話。

「誰要站在雨中癡癡等人啊！何況又是等你——他是這麼說的。所以他就去找地方躲雨，順便占位置。」

這個任性的臭小子。過了兩個月，還是惡性不改。雖然不知對那小子而言是過了幾天。

「你和他好像很熟。在下沒問，不知道你們以前發生過什麼事，但你們的交情似乎比漠不關心還要來得深。不錯、不錯。」

佐佐木咯咯笑道：

「這下在下就放心了。他要是真的有惡意，就不會表現得如此明顯。其實他不光是對你，對在下說話一樣是沒好氣。」

那就更不可原諒了，討厭這個時代就不要來嘛！多少跟朝比奈學姊學習一下。像她那麼捨身投入茶水工作的人，可是現代少有。

佐佐木又繼續低笑：

「真想喝喝看那位朝比奈學姊泡的茶。在下可以去造訪北高嗎？傷腦筋，早知道去年就去參加貴校的校慶了。今年在下一定會專程拜訪。」

妳最好別來——但我說不出口。

「妳要來是無所謂，不過我們學校的校慶沒什麼看頭——」

「兩位——」

橘京子的頭突然闖進我和佐佐木之間。為了不碰到我們的傘，她將撐傘的手舉得老高——

「你們能不能等到獨處時再聊？今天請你過來……」

嗯哼，清了清喉嚨，橘京子對我和佐佐木拋了合計兩次的媚眼：

「就是有許多話想跟你說。這件事才是正事。相信佐佐木同學也跟你提過了。」

「抱歉。」佐佐木對橘京子微微一笑：「我並沒有忘記。我只是假裝忘記。坦白說，那個話題實在是令人提不起勁。」

這段期間，九曜有如等身大公仔靜靜佇立不動。是因為對地球語不熟嗎？

最後——

「我們快過去吧！我有預感未來的使者已在店裡等得不耐煩了，而且也差不多是時間了。」

橘京子話一說完就走了出去，九曜並未點頭就開始移動，以比背著米袋在雪地上前進的傘地藏還快一點的步調走在最後頭。無血色的白皙臉龐上有雙看似惺忪的睡眼。這具外星人如果不是低血壓，就是不耐潮濕，再不然就是情緒狀況會隨天氣起變化的那一型。如果說長門是鑽石塵，九曜給人的印象就像是牡丹雪。（註：「傘地藏」是日本的民間故事，講述一個貧窮的賣傘老翁不忍心地藏們暴露在大風雪中，便將沒賣出去的傘架在地藏上避風雪。回到家後，正愁無米可炊的老翁發現地藏揹著米袋來報恩……）

佐佐木和橘京子都當九曜不存在似的自顧自行動，是因為知道不管她，她也會自動跟上來吧。這一點上倒是和春日對長門的認知很近似。

九曜的行動模式也如我所預期，步伐的幅度始終維持在有點落後又不會太落後的等距離。而我走著走著，也察覺到了一件事。

我們現在要去的地方，是不知從何時起成了ＳＯＳ團早晨的元氣補給站，百分之九十九都是由特定的團員之一——也就是我——負責買單的ＳＯＳ團御用咖啡廳。

我的預感果然沒有遭到背叛，兩名女生在透明玻璃自動門前停下了腳步。看得見裡頭有位情緒不太好，正在舉杯的男子。

那名男子抬起臉，一認出我們，嘴唇就不感興趣地撇了撇。

和當時在花壇的植栽附近遇到時一樣，有如古泉墮天使版的笑容。

不用仿效ＳＯＳ團到這種地步吧。害我連坐下來的心情都沒了。加上我現在坐的椅子又和昨天是同一張，鄰座是佐佐木，對面是特異功能三人組的陣容。

女服務生端來四杯冰水離開後，包括我在內的五張嘴連開都沒開過。

我忙著瞪視不知何名何姓的未來渾小子，佐佐木和橘京子的表情都放鬆不少，九曜有如陶瓷娃娃般固定不動，連清清嗓子都沒有過。現場有如遭大軍包圍就快要陷落的城池，眾人在大殿中召開最後的軍事會議那般氣氛嚴肅……

主動挑起主持大樑的是橘京子。

「雖然發生了很多事──」

在這句開場白之後──

「我依然很欣喜雀躍。你可知道我等這一刻等了多久？總算站上起跑點了。謝謝你給了我這個機會。」

她對我點頭行禮，繼續說道：

「還有佐佐木同學也是，突然對妳提出如此無理的要求，真是對不起。」

「不會。」

佐佐木簡短回答後，抬頭看著我。

「阿虛，不要那麼害怕嘛。你只須聽一聽就好。在下想仰賴你的判斷力。這方面你的經驗比較豐富。在下是單靠判例又重視經驗法則的人，直覺與剖析能力沒有你優秀，你肯賞光對在下無異是如虎添翼。畢竟在下連一個可做為基準的東西都沒有。」

我將目光從坐在和朝比奈學姊相反位置的未來人那張看再久也無法滋養眼睛的臉龐移開。

「拜託長話短說。」

我努力使自己的聲音聽來鏗鏘有力，但未來人的反應卻只是無聲的失笑。這令我光火了。

「你先報上名來行不行？」

讓這個未來渾小子再繼續當無名氏，我對他的印象只會更差。

對於我再度施展的熱視線攻擊，一臉諷刺的傢伙隔了兩個月再度發聲。

「姓名不過是一種識別符號。」

嘲諷的語氣和記憶中一模一樣。他似乎嫌空間侷促，挪挪身子說道：

「別人愛怎麼叫我，我都無所謂。那根本沒意義。就像你叫朝比奈實玖瑠為朝比奈實玖瑠那樣沒意義。無聊透頂。」

狗嘴吐不出象牙的臭小子。早知道就委託老妹來充場面。才跟這小子講不到幾句話心情就DOWN到谷底。還有，叫朝比奈學姊為朝比奈學姊哪裡沒意義了？

「話雖然是這麼說。」佐佐木面向渾小子：「在這個時代要是有本名或外號的話，做起事來會比較方便。就算是官銜或職位也行，好比肥後守（註：日式折疊刀。本以原產地「平田」町為名，後以九州的刀子為雛形加以改良，深受九州的肥後地區大盤商喜愛，爭相進貨，之後便易名為「肥後守」）或國對委員長（註：國會對策委員會長）那一類的稱謂也可以，請你告訴阿虛好嗎？」

「就叫我——」

意外的，未來人爽快答應了。

「藤原吧。」

「他說他姓藤原。」

聽到那小子報出那個不是假名才怪的自稱後，佐佐木朝我聳了聳肩：

「這樣一來，大家都自我介紹完畢了。」

名字是都知道了。不過——我可不是為了知道這個才來到這裡的喔。就算叫他們男未來人、朝比奈綁匪妹、天蓋領域外星人，我也完全不覺得困擾。

「是啊。」橘京子說：「接下來才是正題。」

咳哼！刻意清了清喉嚨，外星人和未來人分侍兩側，疑似是超能力者的少女，面

向我展露到府拜訪的銷售小姐的笑臉：

「我們認為真正的神並不是涼宮春日同學，而是這位佐佐木同學。」

冷不防的就丟下一顆炸彈。

緩緩含下冷開水的我那一瞬間還真想乾脆噴出來算了，不過我馬上打住，在把杯子放回桌上時整個嚥下去後，再開口說話。

「妳說什麼？」

「沒有啊，就單純是字面上的意思，有什麼地方很難懂嗎？」

橘京子整個人顯得輕鬆愉快，大大吁了一口氣。

「呼～總算說出口了。我一直很想跟你說，卻苦無機會，長時間悶在心裡都快把我悶壞了。如果沒有古泉同學就更好了。我還曾計畫過乾脆這個春天就轉學到你們學校去。不過那群人實在太可怕了。上次的事讓我再次確認這項事實，我真不想再見到森小姐了。」

噗嗤一笑，神情滿足的那張臉，是張普通高中女生的臉。

「我要跟你說的就是這個。如同古泉同學將涼宮同學捧在手心是命中註定，我們也對佐佐木同學景仰得不得了。可是——連外星人和未來人都靠向涼宮同學那邊去，這實在讓我們很不安，不安得受不了。」

她交互看了左右鄰居一眼：

「為了防堵局勢一面倒，我們只好這麼做。古泉同學有朝比奈實玖瑠學姊和長門有希同學撐腰，但我們沒有，勢必得另外找人合作。最後總算是找齊了。」

妳隨便說說，我就信啊？假如春日不是古泉所說的神，那我這一年來經歷過的事又算是什麼？差點被朝倉刺殺、實際被刺傷、暑假的無限迴圈、來來回回溯時間、照著未來密函的指令奉命行事、因為春日的一時興起忙得團團轉，長門又暴走……如果春日不是神秘事件製造機，這一切如何會發生？

「那是一種觀點，一種事實。但是──事實不見得只有一種。表面上謊話連篇是為了隱藏檯面下的真相，不正是推理小說慣用的手法嗎？」

妳要開推理講座的話麻煩找古泉，要談論小說就找長門。

「佐佐木。」我說：「妳相信這種鬼話嗎？」

正忙著翻閱菜單的佐佐木，突然抬起頭說道：

「嗯……坦白說只覺得困惑。在下對自己本身沒什麼興趣，又是清心寡慾的個性，更不想被抬上神轎成為造神運動的主角。就算玩騎馬打仗，在下也比較喜歡當後排下方抬轎的角色。今生不給任何人添麻煩就心滿意足，最討厭的就是自我表現慾強的人，以及自己看到那樣的人就不由得心生厭惡的心。」

佐佐木舉手招來女服務生。

「對了，我們還沒有點東西，大家決定好了嗎？」

帶著促狹意味的微笑，和她在國中教室裡展露的表情一模一樣。

便服上披著圍裙，裝扮簡單的女服務生終於走過來接單，這段期間，我們五人就只有佐佐木說了一句：「四杯熱咖啡。」

未來人藤原和外星人九曜幾乎沒什麼反應，只用鼻子「嗯」了一聲，擺出想永遠沉浸在無言中的極端態度。我有點想知道周遭的人是怎麼看我們的，怎麼看都不像是正常的高中生＋1的聚會吧。我甚至覺得跟他們相比，ＳＯＳ團要正常多了。

負責開場的橘京子又再度打破沉默。

「事情就是這樣。你應該也從古泉同學那裡聽說了吧？就是約莫在四年前涼宮同學可能創造了世界的事。她擁有一種奇異的力量，卻完全沒有自覺，在無意識中創造了閉鎖空間。古泉同學一行人就此覺醒，組成了『機關』延續至今。涼宮同學的願望不斷實現，把外星人和未來人都召喚來了。可是……我和我的同伴們都認為那種能力原本應該是佐佐木同學的才對。」

愛怎麼設想是個人的自由。畢竟思考是沒有枷鎖的。但是，實際行動就另當別論了。這裡是法治國家，擄人綁架又是重罪。

我一這麼講，橘京子就二話不說低頭認錯：

「關於那件事我致歉。不過呢，我早就知道綁架案不會成功。因為有未來的力量強加制約。說穿了，那只是個實驗。我也沒打算要使它成功。但也不是一無所獲，這是因為，我們成功讓你知道了我們的存在，算是邁開很大的一步。」

如果我是月球，搞不好心裡會訐譙：「誰叫妳在我身上留下奇怪的腳印啊！」

「四年前——」

橘京子像是在跟朋友講述昨天看過的電視劇情節似的：

「我突然察覺自己獲得了某種力量。完全沒有任何前兆。突然間就意識到了。理由不曉得，也不知道為何是我。我只知道不只我一個變成這樣，我還有其他的同伴……以及起因是在某個人身上。」

發光的雙眸射向我身旁。

「那個人就是佐佐木同學。我還沒來得及思考就已明白，是妳賦予了我們力量。我立刻在茫茫人海中尋找佐佐木同學，過程中一一遇到了自己的同伴，大家都是跟我有著相同認知的人。」

我想起了從廂型車出來的綁架集團。

「正當我們商量是不是要跟佐佐木同學接觸，要的話又要採取什麼方式時，突然覺得不太對勁。似乎已經存在著另外一個不同於我們的組織，那些人又跟我們非常類似。然而……他們關注的並不是佐佐木同學，而是另一個人。」

妳是說「機關」嗎？

「對，就是將涼宮同學奉為神的人。我們陷入一片混亂，覺得他們一定是搞錯了。為了糾正這個錯誤，我們雙方進行了多次會談。然而他們卻說是我們錯，根本聽不進我們的主張。我們無法接受他們的意見。當然，他們也無法接受我們的主張。最後，雙方破局……」

橘京子不經意的望向遠方，又很快將視線收回。

「至今沒再協商過。」

「所以咧？」

我問道。找我就是要說這個？

「所以——我才想問問你的意思。」

這位「機關」的敵對組織代表大大吸了一口氣後，說道：

「我們深信涼宮同學目前擁有的力量，本來應該是佐佐木同學的。只是因為出了某種差錯才移轉到另一個人身上。所以——我們希望能恢復原狀。那麼一來，世界一定會變得更好。」

然後——她直視我的眼睛：

「希望你能協助我們。」

「佐佐木。」

我避開她的視線，轉向佐佐木詢問：

「對於她的這些話，妳有什麼看法？」

「在下才不想要那種奇特的力量。」

佐佐木以清晰的聲音說道：

「說來有些不好意思，在下深知自己是性格內向，平均值以下的凡人。那種超越想像極限、無法理解的巨大力量，就算植入在下身上也會萎縮。肯定會精神錯亂。嗯，在下絕對敬謝不敏。」

「聽到沒有？」我說道：「本人也這麼說了，妳還是乾脆放棄吧。」

「這樣你甘願嗎？」橘京子毫不退縮：「你希望涼宮春日擁有那樣的力量嗎？永遠都是？那麼——你就是想永遠讓涼宮同學耍得團團轉了？你知道嗎，被耍的不只是你而已，這世界的一切也被耍得團團轉啊。」

那道極具說服力的視線轉向佐佐木。

「也請佐佐木同學再考慮一下吧。妳比涼宮同學更適合擔任世界的主宰。絕對錯不

了。妳也無需感到煩惱，妳只要做妳自己就好，不用特別去意識什麼，自在過活即可。我很清楚，佐佐木同學絕對不會任意扭曲世界。我知道妳就是那樣的人。」

佐佐木定定地看著我。像是在問我：「真的嗎？」的微妙笑容，與我國中時代常看到的表情完全一致。

我開始頭疼了。我明白橘京子所言都是認真且真摯的。連她沒說出口的，我也是明白得不能再明白。

春日就像是一顆沒有設置倒數計時系統的定時炸彈，就連設定也是隨機的，誰也無法預料何時會爆炸。連爆炸的威力也不可預期。偏偏那樣的人卻擁有任意操縱世界的神奇力量。沒有釋迦牟尼佛或耶穌基督那樣的大愛，還真無法包容她。

不過——那是在不了解春日這女人的前提下作的結論。

我了解她，古泉、長門和朝比奈學姊也相當了解。但是這票人卻不了解。僅僅只是這樣而已。問題的癥結點說穿了，就是如此單純。

我再次面對橘京子：

「我能理解妳的主張，不過事情都這樣了，又能如何呢？再怎麼說，春日確實擁有一種可以無視機率——就是這點傷腦筋啊——將某種程度的願望具體化的力量。譬如讓櫻花在秋天盛開。但是——佐佐木並沒有這種力量吧？那就沒辦法啦。不管妳再怎麼強力主張佐佐木是神或什麼人，都無法改變現實。」

就算春日再奇特，精神也不會異常到超越邊緣性人格異常的境界線。就某方面而言，她還算是有常識的人。頂多就是用抓大頭的方式叫我當第四棒暨二壘手而已。那女人似乎頗中意現在這個世界，不會再為了莫名其妙的理由毀壞它才是。至於閉鎖空間和《神人》，就當是古泉賺取零用錢的門路吧，不會危險到哪去的。

「是啊。」

橘京子換上了悲傷的神情：

「話是沒錯，但我就是覺得佐佐木同學更合適。你或許非常了解涼宮同學，但是對佐佐木同學應該也相當了解吧？畢竟你和她們兩位相處的時間算算差不多一樣。」

國三時代的一年期間，和高一時代的一年期間，時間上看起來是差不多；密度上可就不一樣了。我沒有跟佐佐木組成什麼愚蠢的社團消磨校外的時光，對話量上，春日更是技術性獲勝。因為在教室裡經常坐我後面，創團之後，放學時間總是在文藝教室命令我做東做西之故。加上我目前仍在春日的ＳＯＳ團活動，跟佐佐木則有一年的空白期。縱使我是將昔日的朋友聯絡簿保存得再好的人，對現在的基地也不可能說捨棄就捨棄。不只是春日，長門、朝比奈學姊和古泉平日也挺照顧我的，我反倒有種佔了他們便宜的感覺。為了那三位團員，我無法贊成把春日換掉，也不想那麼做。

表面上異想天開，實際上相當腳踏實地的春日，怎能因為她是顆不定時炸彈就將她丟掉？何況我也還沒將最後的王牌秀給她看。豈能錯過整齣戲在緊要關頭下最能耍酷的那一幕？

「佐佐木也不見得願意。我勸妳還是收手的好。古泉還好說話，要是不小心觸怒了長門，連帶也會引爆春日炸彈，到時候大家怎麼死的都不曉得。」

「所以說啊，我才希望涼宮同學別再發揮改變的能力。那樣的話，你也不用整天提心吊膽了。」

橘京子像在祈求似的雙手合十：

「我們考慮的完全不是自己的利益。看看古泉同學就知道了，隨時隨地都要維持涼宮同學的精神狀態安定，說有多辛苦就有多辛苦。可是——換作是佐佐木同學就不用這麼辛苦了。我是真心希望世界維持安定啊。」

「問題是妳跟我講，我也沒辦法啊。」

佐佐木輕輕嘆了口氣，望向櫃檯的方向：

「好慢啊。熱咖啡怎麼還沒來？」

她用手指戳著杯子裡的冰塊，佯裝不知的問道：

「阿虛，剛才突然想到一個問題。小學生、中學生、高校生、大學生……這些名稱裡，為什麼只有高校生不是高學生？這是不是一個值得探討的問題呢？」

「佐佐木同學！」

橘京子焦急的提高了音量，連忙又羞愧的低下了頭。看到她沮喪的模樣，我也有點同情她了。妳真的是找錯對象了。說來不好意思，在我的朋友當中佐佐木算是人品極佳的。她不是那種被人問一句要不要當神就馬上點頭答應的傻瓜。

喔，看來我可以放心了。

只要佐佐木仍是佐佐木，她就不會輕易與人敵對。可憐的橘京子，妳挑錯人了。這傢伙真的不是你們要的那種人。

我手指了指從頭到尾扮演傾聽者的另外兩人——藤原和九曜說道：

「這兩個怎麼說？我知道妳想推舉佐佐木為神，問題是妳的同伴看法又如何？你們達成共識了沒？」

當然，我會這麼問，是因為我從那兩名怪客的表情推測他們應該沒在聽橘京子說話。藤原不耐煩的望著冷水杯，九曜則是表情空洞凝視著空中。

垂頭喪氣的橘京子由垂落的頭髮隙縫偷看，看到未來人和外星人均無反應，頭垂得更低了。

「說得也是。這也是障礙之一。他們一點也沒有合作的意願。」

聽到橘京子的泣訴，藤原突然露出很惹人厭的笑容：

「那是當然。妳說合作？我可沒落魄到要跟過去的現代人合作的地步。我是考慮到可能有什麼利用價值才會來到這，看來是沒什麼好期待的了。」

他繼續用那種橘京子要是聽得發火，我可能也會幫她罵上幾句的口氣說：

「其實，不管是涼宮或是佐佐木都無所謂。只要想作是自然現象就沒差。人類個體並沒有多大的價值，重點是在於扭曲時間的力量，和改變時空的能力。只要力量繼續存在，不管是在誰手上都沒關係。」

藤原的視線越過橘京子，落在九曜身上。

「妳也是這麼想的吧？」

對於未來人的提問，九曜也是毫無反應。那頭拖把在空調微風的吹拂下紋風不動，以異於常人的無動靜呆坐著。感覺上她好像連自己身在何處都不知道……不，應該說是——她真的在我面前嗎？即使像這樣坐在我面前，她的存在感也已經稀薄到近乎是零了。甚至薄到……恐怕連工地的人型看板也比她來得有活力。

沉默的簾幕再度落下——

「唔……！我受夠了！」

橘京子猛然抬頭，先發制人。

「手伸出來。」

盯著我的是一張認真無比的臉。

「用言語說明不如讓你親身體驗一下較快。那麼你就能理解我的看法了。一下下就行了，快把手給我。」

彷彿要幫我看手相似的，她向我伸出一雙光滑無瑕的手。

又沒溺水，需要抓住那雙手嗎？正當我猶豫該不該握住那雙手時，佐佐木用肩膀碰了我一下。

「阿虛，你就照橘小姐說的去做吧。」

我伸出右手。橘京子溫潤的手指握住我的手掌，然後進一步提出要求：

「閉上眼睛，馬上就好了。」

有種似曾相識的感覺，我乖乖照她的話去做。輕輕闔上的雙眼尚感受得到店內照明的亮光，因視野被封閉而變得靈敏的耳朵，則聽見了店裡不算是噪音的雜音和古典音樂。這應該是布拉姆斯的曲子吧。（註：Johannes Brahms（1833—1897），德國作曲家，十九世紀浪漫樂派的代表）

可是——

「可以睜開眼睛了。」

橘京子跟我提示的同時，弦樂器的旋律也突然消失。

我睜開眼睛。

只見橘京子正面帶微笑握著我的手。就橘京子一個人。

我環顧四周，佐佐木不在，九曜也不在、藤原也不在。其他的客人和店員也不知道去了哪。簡直像是集體神秘失蹤的瑪麗・賽勒斯特號，在較長的一次眨眼之後，人就都不見了。

我和橘京子兩人就坐在跟幾秒鐘前一模一樣的餐桌旁，而且還手牽著手。

「什麼……」

我環顧四周，有著柔和室內照明的這家咖啡廳，成了只剩下我們倆的空殼。這裡是哪裡？剛想問出口，好像在哪體驗過的感覺油然而生，我也記起了那是什麼。似是而非的場所。而且四下無人。

「閉鎖空間……」

「古泉同學是那麼稱呼的沒錯。」

橘京子放開了我的手，俐落站起身。

「雖然沒什麼好參觀的，不過我們去外面走一走吧。」

如魚得水般的橘京子，踩著輕快的步伐邀我出去。

好吧。光坐著也不是辦法。很久沒侵入閉鎖空間了，算一算我也才去過兩次。第一次是跟古泉，第二次是跟春日。第三次——也就是這一次，感覺上跟古泉一起搭計程車過去那次的氣氛很類似。

我走在橘京子身旁，看著自動門再平常不過的打開。連這個也一樣。不知道是什麼原理，這個世界也有電力供應。

走到外頭，我第一件事就是仰望天空。

雨停了。不，連雲也沒有。天空的顏色是清一色的暗褐色調。似乎連太陽也沒有，光源就是天空本身。整個世界籠罩在一層朦朧的光暈下。

「走一下吧。」

儘管街道成了無人之境，瀰漫著猶如鬼城的氣息，我並未受到太大的衝擊。古泉以前就跟我說明過了。

不同的是——

我兩度被帶進去的那個空間，鋪天蓋地都蒙上了一層灰彩。或許和當時是晚上也有關，不過我仍清楚記得那個灰暗詭異的世界是什麼樣的光景。

可是——這個世界的顏色基調不一樣。滿布有如牛津白——奶白色加以稀釋過的光芒，也許是心理作用吧，我總覺得比記憶中那個閉鎖空間還開闊明亮許多。

另一個更大的不同就是——就算三百六十度迴轉，也看不見某個物體的存在。那麼巨大且異質的形影，不可能會看漏。

「呵呵」，橘京子回過頭說：「是的，沒錯。這裡不會出現那個，因為本來就不存在。這也是我大力推薦的一點。這兒是個好地方吧？」

藍白色巨人、有破壞性衝動的團塊，是春日的無意識具像化的存在。

這裡沒有《神人》。也沒有它出現過的跡象。我的五感告訴我：這個閉鎖空間裡沒有任何威脅世界的存在。

「這裡不是閉鎖空間嗎？」

「是閉鎖空間啊。跟你知道的是同種類的空間。」

橘京子似乎很高興能告訴我這一點，繼續說道：

「只是創造空間的人不一樣。這裡並不是涼宮同學所構築的世界。」

除了春日，還有人能創造這種空間？

「沒錯。正是佐佐木同學。這裡就是佐佐木同學創造的閉鎖空間。雖然並沒有閉鎖的感覺……對了，這就好比是同樣的料理不同人做就有不同的味道嘛？不同的個性就會呈現出不同的味道。」

橘京子的語氣活像是在推銷物件的房屋仲介業者。

「每次來到這，我的心就會平靜下來。讓人感覺到一種既平和又溫柔的氛圍對吧。如何?那邊和這邊相比起來，哪邊比較舒適呢?」

「慢著、慢著。」

如果是選最後的棲身住所，兩邊都不會是我的首選。

「妳說這裡是佐佐木創造的空間?那總該有創造的理由吧。這又是什麼時候創造出來的?為什麼會沒有《神人》?為什麼會有這樣的世界存在?」

「沒有任何理由。」她慢條斯理地說道：「這個世界可不是有期限的袖珍庭園造景喔。一開始它就存在了。沒錯，就是從四年前開始。之所以沒看到《神人》，是因為不需要。本來就沒有破壞的必要。」

任憑我怎麼找，也找不到一隻鳥在天上飛，這片靜謐刺得我耳朵發疼。

「這是一個很大的差別。佐佐木同學並不會有破壞世界、再創一個新世界的想法。她的意識不論是表面或深層都相當穩定，不會東搖西晃。可說是很理想的精神狀態。即使對現實不滿，也不會推翻現實。一切講求順其自然。」

耳邊聽得到的，只有少女直爽的聲音。

「我再問你一次。一個不小心就會毀掉世界的神，和沒什麼貢獻、但也不會胡作非為的有常識的人，你覺得哪個比較好?」

我突然很想為春日辯護。其實她也是有常識的。只是偶爾螺絲會鬆掉而已……但她基本上還是個普通的女生。春日以前怎樣我不知道，但現在的她越來越貼近現實了。雖然她是個惹禍精，但絕對不會讓天上下起ＵＦＯ雨。

而且我敢保證——春日不會再想創造一個新的世界了。

「你還真是有自信。涼宮同學潛意識中的想法，應該是沒有人知道才對。即使是古泉同學、甚至是未來人也無法掌握。」

橘京子雙手別在身後，轉過來望著我的臉。

「就是因為我也不知道，才會如此不安。但換作是佐佐木同學就沒問題了。看這裡就知道了，沒有任何不安定的要素。」

笑盈盈的臉龐上撒滿了可愛的色彩。

「所以——我認為佐佐木同學才是真正的力量持有者，也理應如此。之所以會換由涼宮同學持有，一定是哪裡出了差錯、某人的錯誤造成的。」

至今仍原因不明的春日變態力量。賦予了古泉變身為紅色光點的超能力，引起外星意識體的注意，被朝比奈學姊等未來人視為時間斷層中心點的不明力量——

要是那個在佐佐木身上發現的話，現有的ＳＯＳ團勢力會變得如何？

難以想像。

我甩甩頭，好驅走這個想了也等於白想的念頭。

「那麼——」好不容易才找回自己的聲音：「妳要我怎麼做？難不成要我把春日的力量移植到佐佐木身上？我沒那麼神好不好。」

橘京子仔細打量了我一番，呵呵一笑：

「那可不見得。如果你願意協助我們，自然就有辦法。只要你和佐佐木同學點頭就行了。我們就只是希望這樣而已。很簡單吧？」

她突然往後閃。

「我們回店裡去吧！我今天要跟你說的話都說完了，我想你也會希望再考慮一段時間吧。」

對喔，現實世界的我們不知變得怎樣了？本來安坐在咖啡廳椅子上，突然跑到這個空間來。留在現實世界的佐佐木他們的眼中是怎樣的情景呢？

正想問時，橘京子已經往回走了。想想我們孤男寡女待在這個無人世界裡也的確怪怪的。雖然現在不是在意那種事的時候，我也不想逗留太久。這裡實在太安靜了，《神人》在的話搞不好還有點生氣可言。奈Ａ安呢？我居然會去懷念那種東西，我的腦袋沒問題吧？

少女的身影被咖啡廳的自動門吸進去後，數秒鐘後我也回到了店裡。聞都聞不到咖啡香。

「來，快坐下吧。」

橘京子回到她原來的座位——三人座的中央坐下，把手放在桌上。當我回到那依然殘留著自己體溫的椅子坐下時——

「請閉上眼睛，伸出手。」

要是睜著眼睛會看到什麼呢？我心想。但我還是將自己的手放在她的手上，閉上了眼，注意力集中到聽覺上。

橘京子的手稍微加重了力道——

之後就放開了。一瞬間，我的聽覺回復了。不，復活的應該是世界才對。

襯底音樂的布拉姆斯，淅淅瀝瀝的雨滴聲、煮咖啡豆的芳香，以及人群的氣息一下子朝我的五感蜂湧而來。我張開了眼睛。

只見佐佐木挑起一邊眉毛，說道：

「嗨。歡迎回來……這麼說應該ＯＫ吧。」

定睛一看，藤原一手托腮，一副事不關己的模樣；九曜則是一臉愛睏樣毫無反應，夾在中間的橘京子正在喝冰開水潤喉。我就把自己剛才的疑問向佐佐木提出來。

「剛才我有沒有怎麼樣？」

「沒有。」佐佐木翻過手腕看了看細錶帶手錶。「你只是閉眼十秒鐘，跟橘小姐牽著手而已。」

接著又用那隻手摸了摸嘴唇。

「那麼……你看到了吧？橘小姐所謂的在下的內心世界。」

「嗯。」

雖然很不願意，我還是點頭表示看到了。只要那不是幻覺，那我的確是去過了，也看到了。不過佐佐木所說的這十秒鐘，為何我和橘京子沒有消失在大家面前，箇中道理我就不瞭了。

「有何感想？」

「沒有。」

「在下就知道。」

佐佐木喉嚨發出咯咯的笑聲：

「感覺怪不好意思的。好像內心被偷窺了一樣。」

「佐佐木同學。」橘京子放下了玻璃杯說道：「再怎麼想還是妳最合適。能不能請妳往好的方面再考慮一下？」

「嗯——怎麼說呢……」

佐佐木的頭稍微偏了一下，朝我看過來。

「阿虛，你怎麼想？由我來持有那種奇異的力量，真的好嗎？」

這不是單純用好壞來判斷的事情吧。再說，妳幹嘛問我的意見？

不過——就我的個人感覺，就算佐佐木擁有了那種光怪陸離的偽神力，也不會因為對草地棒球賽的分數感到不滿而封閉空間，不會因為情節需要就把電影劇本具像化，也不會讓八月周而復始，也不會險些挖出O－PARTS。相對的，也不會穿著兔女郎服裝代受傷的高年級學姊上臺表演，更不會跟學生會長針鋒相對吧……

不，那些都無所謂。問題的癥結，不在於佐佐木會怎樣怎樣。

我裝作不經意的看了對面一眼。

未來人藤原，以及另外兩名。

要我跟這票人合作？就算頭殼壞掉也有個限度。一個是直呼朝比奈學姊名諱、根本沒把人放眼裡的小子，一個是擄走朝比奈學姊的綁匪，還有一個是讓我們在雪山遇難、最後還害長門病倒的始作俑者。

根本連考慮都不用考慮。

我是想和佐佐木繼續做朋友，但是跟這票人在一起，我的身心非但得不到安寧，還有雞犬不寧之虞。

我大大吸了一口氣，準備將我的決定講清楚說明白時——

「久等了。」

還沒來得及開口，女服務生已拿著盛有四個杯子的托盤走近我們這桌。

我只得暫時中斷發言，加入其他人沉默的社交圈。即使只是單純閒聊我也會如此，因為我實在不想讓外人聽到我們之間的電波對話。

在悶死人的沉默籠罩下，陶瓷杯盤的碰撞聲顯得格外清晰。第一杯熱咖啡放在佐佐木面前，再來是我、橘京子，最後是九曜——

卡鏘。

眼前出現了一個令人驚奇的景象。

至今都毫無動靜的九曜，一隻手正抓著女服務生的手腕。

我完全沒看到她是什麼時候動的手。甚至沒感覺她有動過。可是九曜確實緊緊抓住了女店員的手，而且還是那隻要將咖啡杯碟放在桌面上的手。

完全面無表情的她，視線固定在前方，除了一隻手以外完全不動。

「……啊？」

我像個笨蛋，張大了嘴巴。

更令人驚訝的是，那名女服務生端的咖啡杯都快從托碟上跳起來了，杯裡的咖啡

卻完全沒潑出來。從剛才那一聲「卡鏘」的音效聽來，衝擊應該是不小。

為什麼——？

我馬上就明白了。

「請問有什麼事嗎？」

柔柔一笑的女服務生，臉上完全沒表現出不悅與困惑的神色。在旁人看來那是一個再普通不過的笑容吧。可是——有股冰柱般的惡寒滑落我的背脊不是毫無理由的。因為那位女服務生，是我很熟悉的一個人。

「喜綠學姊……」

即便認識，我依然發出了呻吟般的聲音。

「……妳在做什麼？妳怎麼會在這裡？」

「你好。」

穿著連身式圍裙的喜綠江美里學姊，神情自然得像是高中的學姊偶然碰到認識的學弟——其實現況就是這樣——若無其事的跟我打了個招呼。從那毫不遲疑的口吻，很難相信她是一個正被謎樣外星人緊抓著手腕的有機人工智慧機器人。我不想實際確認九曜的握力有多強，不過用看的也曉得那比普通的力量大得多。而且九曜也毫不理會驚訝得探出身子的佐佐木和瞪大了眼睛的橘京子，除了以超乎尋常人的力量有所行動的那隻手以外，其餘的身體部分——包括女校的校服在內——都絲紋不動。

喜綠學姊也不遑多讓，表現出不像現實中會有的冷靜態度。

「這位客人，不好意思。」

她面向化為無言物體的九曜說道。

「能不能請您放開我呢？這樣下去，我就不能把您點的東西端給您了。」

「———」

九曜那雙如金魚般眨也不眨的眼睛，很明顯空洞得可以。

「客人。」喜綠學姊的聲音輕鬆得像在唱牧歌似的。「拜託您了，您應該聽得懂我的意思……」

兩人之間彷彿發出了火堆中的乾柴爆裂的音效——有聽到的就我一個嗎？

「———」

九曜緩緩放開了手指。小指到大拇指有如尺蠖的動作一樣，一根根從喜綠學姊的手腕上鬆開，慢條斯理的把手放回膝上。

「謝謝您的體諒。」

端著咖啡杯，喜綠學姊慎重的行一鞠躬，才將杯子放到九曜眼前。見到九曜又恢復成原來的馬口鐵玩具的狀態，我大大鬆了一口氣，再次問道：

「妳在這裡做什麼，喜綠學姊？」

「在打工呀。」

看也知道妳是在打工。不是店員就不會穿著圍裙送咖啡過來的。我是想問學姊為什麼突然在這打起工來了。這比羅曼諾夫王朝的黃金藏匿處更讓我感興趣。（註：統治俄羅斯三百多年的羅曼諾夫（Romanov，1613~1917）王朝，家族生活奢侈，擁有巨額財富）

可是喜綠學姊卻裝作若無其事的把帳單輕放在桌上，對我小聲說道：

「請幫我對會長保密，因為學生會幹部原則上是禁止打工的。」

跟長門說就無所謂嗎？不，我不是要問那個——

「請慢用。」

儘管雞同鴨講，喜綠學姊很快就拿著托盤離開了。熟練得好像從三年前就在這家店打工了。剛才端冰開水和過來接單的女服務生也是她嗎？那我之前怎麼都沒發現？是潛藏於大眾心理的隱形人理論在作怪嗎？抑或是某種宇宙的力量在作祟？就算是，也應該是後者。既然九曜做得到，喜綠學姊也應該做得到。

「她是誰？」

對於佐佐木的這個疑問——

「學校的……呃，學姊。」

我也只能這樣回答。當我對明明很引人注目卻沒半個人盯著她看的九曜，以及趕緊為剛上門的客人送上冷水杯的喜綠學姊進行比較時——

「噗呼。」

我聽到了一個似乎抑制不住的怪異笑聲，那個聲音正是藤原發出的。只見他撇了撇充滿嘲諷意味的嘴唇，說道：

「哈哈，看到了不錯的東西。這才是鬧劇中的鬧劇。噗呼呼，這不是難得一見的第零次接觸嗎？真是齣有趣的人偶劇。哈！」

我頓時有種衝動，想將熱咖啡從他頭上淋下去。不過這名未來人似乎感到出乎意外的有趣。要不是我坐在他面前，他搞不好會仰天長笑。事實上，他的身體正不停的微微抽動著。

一臉驚愕、整個人石化了的橘京子，最後轉為放棄的表情，像是表示自己跟不上狀況而聳了聳肩，我則和佐佐木互看一眼，無言的詢問藤原的反應到底有什麼意義，但是不可能有解的答案自然不可能問得出來。九曜的蒼白臉龐被咖啡杯裊裊升起的淡淡熱氣給隱蔽起來。

在出人意表的工讀生喜綠學姊中途闖入之後，藤原和九曜以外的正常高中生三人組（包括我在內），悶悶的面對形象全毀、邊回想邊發出詭異笑聲的未來人、以及看也不看眼前的綜合熱咖啡，像是壞掉的電晶體收音機動也不動的外星人製有機人工智慧機器人時——

「————」

九曜毫無預警的悄然站起身，比上段忍者還輕手輕腳的她，宛如走上自動人行步道般，動作流暢的朝自動門走去。自動門不愧是文明的利器，儘管人類察覺不到，機械的感測器還是感應到了，門咻地打開。臨走前，九曜並未忘記回收傘桶中的便利傘，接著就消失不知去向。可能是察覺到我們之間的氣氛了吧。但是——她到底是來幹嘛的？

「我也要告辭了。」

橘京子的笑容虛弱中帶著韌性：

「今天有點累，還是回去好了。真希望能多跟你們聊聊。佐佐木同學，下次就再麻煩妳囉。啊，帳單我來付就好，別客氣。很謝謝你們今天給我這個機會。」

她鏗鏘有力的說完，就起身朝結帳櫃檯走去，跟店員說：「請開給我收據，統編單位空著。」結帳完畢後，就向我們揮揮手，在小雨中撐著傘離去。

被未來人當成嘲弄的對象有點小不爽的我，也決定早點脫身。我得回家陪三味線一起睡午覺。

「再見了，佐佐木。」

「好。」佐佐木抬首深深看了我一眼。「最近在下還是會再聯絡你。雖然對你不好意思，但在下不想把這件事拖太久。況且接下來的全國模擬考也快到了。趁早將這些麻煩事解決掉也好。」

「英雄所見略同。」

我是打從心底完全同意。幸好妳仍是我所認識的那個國中同學佐佐木。

藤原又擺出原先那副目中無人的嘴臉聽我們說話，但最後他什麼也沒說，也沒有戲弄我。雖說我一度對喜綠學姊冷不防的登場耿耿於懷，但是一想到學姊可能是為了觀察九曜的反應才現身就釋懷了。換作是長門，八成會和九曜硬碰硬，沒變成另一個朝倉就很好了。成為刀下傷魂是我混沌的人生體驗中絕對不想再重蹈的覆轍之一。

就這樣，我離開了咖啡廳，以致於不知道留下的佐佐木和藤原聊了些什麼。

當時的我也一點都不想知道。

第三章

α—5

星期一，早上——

由於星期天休養有成，這天我的腳步特別輕快。

時序即將進入四月中旬，不再迷迷糊糊跑錯一年級教室的我，直接來到二年五班教室，落坐在自己的座位後，便回頭跟那頭黑髮說話。

「怎麼啦？五月病提前發作了？」（註：五月病是指無法適應新環境而產生的精神症狀。一般是指新進員工在進公司後一個月——也就是五月，會出現沮喪的低潮症狀）

比我早到校的春日整個人無精打采的趴在桌面上。

「才不是。」

春日抬起頭的同時，發出「嗯——」的一聲伸伸懶腰，甚至還打了個呵欠。

「只是有點睡眠不足，太晚睡了，昨天忙了一天。」

對喔，妳假日都在做什麼？有聽深夜廣播的習慣嗎？

「我幹嘛要跟你報告我的私生活？」

嘟成鱷魚嘴的那張嘴巴說：

「我不是當鄰居小孩的家教，就是打掃房間、一週換一次擺設……總之有很多事要做。廣播的話我偶爾也會聽啦！再來就是整理一堆不得不做的資料……」

我腦中浮現出那位眼鏡弟弟小博士的形影。

「資料？什麼資料？」

「哼，你真的很像小孩子耶。什麼事都要打破砂鍋問到底。為什麼男人在精神上總是長不大呢？雖然小朋友的求知慾天真得很可愛，但是看到像你這張嗜血扒糞的嘴臉我就懶得開口。都長這麼大了，不會自己動腦想想我會做什麼事啊。」

我怎麼有種錯覺，我如果越是去想妳會做什麼事，在學校就會越混不下去？

「我說阿虛啊，你都當一年的團員了，拜託你偶爾也掌握一下團長的意圖、早一步採取行動吧。你就是這麼不知進取才會到現在還是小團員一名。在我心目中的勤務評量表，你也是遠遠落後大家，總是敬陪末座。」

露出大無畏笑容的春日，翻開第一堂課現代國文要用的筆記本，抓起自動鉛筆，沒用尺隨手亂畫了幾條線。

「用長條圖來表示的話，就像這樣！」

最長的線下面寫著「古泉同學」，而標示著「實玖瑠」和「有希」的線則差不多長。至於我嘛……似乎在團內只有五公厘左右的功績。但我並不覺得悲哀。

「還有──電研社是這麼長；鶴屋學姊更是，已經這麼長了！看到沒有？你甚至輸給了社外人士。連上次做社刊要你寫的稿子也是無聊得半死。」

此時應該要喟嘆我身為天字第一號團員卻如此沒出息吧。可是電研社是自動上繳五台電腦的好好先生，而且若想坐上比鶴屋學姊更高的位置，恐怕天干地支再輪一回也輪不到我坐。不過我倒是很樂意投同情票給電研社，妳就讓他們的功績線再長一點吧！反正是小事一件。

春日像是對客隊的拖延戰術感到不耐煩的主場球迷，恨不得開汽水的表情。

「笨蛋！拜託你拿出氣概來行不行！幸好離ＳＯＳ團創團周年紀念日還有一個月左右，快趁這段時間立下一兩樣汗馬功勞吧。不然等到一年級的新團員進來了，你憑什麼指導後進？告訴你，我絕對是論功行賞，才不管你年資不年資！」

也就是織田信長方式嗎？如果是在戰國時代，我只要在打仗時拿下知名武將的首級就可以了，可是這間高中裡敢反抗被視為毒瘤的ＳＯＳ團的勢力也只有學生會。況且現任學生會長有古泉撐腰，儘管鶴屋學姊不知道幕後的謎樣人士是誰，但學生會背後的確有「機關」做後盾。只要揭發那個會長的貪污弊端，我就能從步兵升為隨扈了嗎？算了，當隨扈更慘。

春日似乎還想繼續說教下去，卻被此時響起的預備鈴聲，同時間快步走進教室的岡部導師給打斷了。

不過——春日還沒放棄招募新團員嗎？想歸想，她打算怎麼募集？

算了，再想下去也沒有用。我的心思早已被「星期六早上」邂逅的佐佐木、橘京子和那個叫九曜的外星人占去了大半，還有當時沒露面、但以後可能會現身的未來男……同樣也是令我掛心的懸案。不過我得坦承，只要他不來找麻煩，目前暫時不去管他也行。

「要來就來！」的氣概，正在我的內心孵化到好比鍬形蟲的幼蟲成蛹的地步。要攻來就攻來吧！只怕遭到反撲的代價你們付不起。就像拳擊比賽一樣，反擊拳的威力絕對比普通的直拳要強大得多。我看過的拳擊漫畫都是這麼畫的。何況春日是個恩仇必報而且會同等以兩億倍奉還的人。

世界史年表就是最有力的明證。做了什麼事下場會慘兮兮？早從紀元前，歷史就記錄得清清楚楚。

算了，說再多也是浪費唇舌。

簡單說，我想說的話只有一句——

與ＳＯＳ團為敵，就別指望會有好下場。

午休時間，我向谷口和國木田簡單打聲招呼，就帶著便當朝文藝教室走去。

走遍學校，在這個時間點唯有這個地方，如同加濕器般散發著最為沉靜的氣氛，而長門有希亦遵循著無須臆測的規律行為模式。

「我可以進來嗎？」

坐在自己的椅子上閱讀西洋神秘學書籍的長門臉抬都沒抬。

「…………」

「讓我在這吃飯好嗎？教室太吵了。偶爾在這裡安安靜靜用餐也不錯。」

「是嗎。」

長門有如不倒翁緩緩抬起頭來，視線輕輕在我身上掠過，又回到書本上。

「妳中餐吃完了嗎？」

「…………」

纖細的脖子略微前傾，點了一下頭。

她吃過了？我很懷疑。不過我要追問長門的，並不是午餐的問題。

「關於那個名叫九曜的外星人——」

我坐在鋼管椅上解開包便當盒的餐巾，說道：

「那傢伙就是冬天差點害我們凍死的那群人的爪牙吧。」

長門以自己的手掌代替書籤，視線轉移到我身上：

「是的。」

「就是妳以前說過的……呃——跟妳很類似的那個什麼人工智慧生命體嗎？」

「恐怕是。」

「那傢伙也是那個嗎？為了監視春日而來的？」

長門思考了大約眨一次眼的時間。

「不知道。」

因為妳們彼此溝通不完全，是吧。

「是的。可是毫無疑問他們對涼宮春日的資訊改變技能很關心。那正是他們派遣聯繫裝置外星人到這個行星上的意圖之一。」

長門以公事化的口吻說道。

「他們，天蓋領域……」

我聽到了一個不熟悉的詞彙，連忙喊停：

「添鈣……什麼？」

「天蓋領域。」

長門平靜的復誦了一遍。

「這是資訊統合思念體對他們定下的暫時性稱呼。這是一個很大的躍進。之前，思念體連取名字的概念都沒有。」

在我握著筷子，思索長門有希這個名字的含意時——

「在我們看來，他們就是從天頂方向過來的。」

平板的聲音又開始補充。

「所謂的天頂方向——」我用筷子指著天花板，「是那邊嗎？」

「…………」

彷彿在心算七位數乘法問題似的，長門停了好一會才說：

「那邊。」

她指著社團教室窗外，也就是群山的方向。雖然知道是北邊了，不過那畢竟是使用電波望遠鏡也看不到的存在。從哪個方向來根本無關緊要。會在意方位的就只有陰陽師之類的。比起這個，更重要的是——

「長門，那群混蛋不會又打算要像上次遇難那樣，將我們困在異空間裡頭吧？」

「目前看不出那樣的徵兆。」

一直舉手指著斜後方的長門，把那隻手收了回來放在書上，說道：

「能與我們進行言語溝通的聯繫裝置現身了。預料今後暫時都將由她來跟我們進行物理性的接觸。」

「是那傢伙嗎……」

我反芻起那個周防九曜令人寒毛直豎的感覺。雖然很想跟統合思念體抱怨個幾句，不過他們製作聯繫裝置機器人的品味還真不錯。長門、喜綠學姊，順便連朝倉也算進去，跟九曜相比真是好太多了。

長門淡淡說道：

「名為周防九曜的個體所發動的個別攻擊，由我來防禦，我不會讓她加害你和涼宮春日。」

妳這句話遠比千軍萬馬還可靠。不過呢，長門——

在我開口前，長門就應道：

「還有朝比奈實玖瑠和古泉一樹。」

還有長門——別忘了妳自己。

「……………」

我以強而有力的目光回視長門定定的眼眸。

妳好像並未將自己囊括在內，但是我不會把妳剔除在外，春日也不會。不管是九曜還是天蓋領域或其他什麼碗糕都好，我們都不會容許他們加害於妳。畢竟老是受人保護也沒什麼意思。雖然我的能耐可能跟宇宙塵一樣微小，但是多少還是能幫上一點忙的。

「…………」

長門默默不語，視線落在書本上。我也趁這個空檔開始吃中飯。

和最初她邀我到她那豪華公寓708號房那天根本無法比。真想不到這種沒有任何言語串場的沉默會給我如此安心的感覺。

下午的課全部上完了，在班會結束、起立敬禮後，岡部導師走下講台的同時，同學們也發出雜音，準備離席。

除了值日生以外的學生今天已經無須留在教室，我也拿起書包站了起來，跟谷口、國木田回家社雙人組道別，正打算到社團教室去的時候，卻發現裡面沒放什麼東西的書包突然變得異常沉重。

回頭一看，只見春日伸出手夾住我的書包。真是了不得的指功。

「等一下。」

一直坐在座位上的春日盯著我耳朵的側面，說道：

「明天要數學小考，你還記得嗎？」

「啊……有嗎？」

對喔。上星期數學老師好像宣布過，不過我只當它是瑣事，可見宣傳不足。

「我就知道，你果然忘了。」

春日從鼻子冷哼一聲。

「你就是這樣，才會把我們SOS團的團內標準值拉低。考試只要抓對要領，想考幾分就可以考幾分。你給我好好努力。」

借問一下，妳是我媽嗎？現在快點離座比較重要吧。不然值日生怎麼掃地。

「你怎麼還能這麼悠哉啊？現在拿出數學課本，跟我來。」

春日迅速站起身，把我拉到講桌邊。幾位值日生似乎已習以為常，完全沒理會我和春日。但他們臉上露出的怪怪笑意還是讓我頗在意。

春日把我的課本搶了過去，隨手攤開在講桌上。

「第九頁的例題2絕對會出，給我好好背起來。還有這邊的算式也是，這些都是典型的問題，吉崎肯定會出。他寫在黑板上的解題你有沒有抄起來？筆記拿給我看。」

面對她接二連三的要求，我只有一一遵從的份。

「這什麼東西？只有抄到一半嘛。你後半堂課睡著了對不對？」

有什麼關係。妳今天的古文課還不是也睡著了。

「我是判斷睡著也沒關係才安心睡的。就算不聽課，那些東西我也都懂。可是你不懂吧？更何況你的數理一塌糊塗，能補救的文科就要補救，聽到沒有？」

春日用我的自動鉛筆在課本的習題上畫重點。

「我現在告訴你最少要會哪幾題，你回家就好好背。可是你不能死背答案喔。考試題目都會換個數字再出題的。首先，是這題和這題——」

我就這樣站在講桌旁，讓春日幫我臨時惡補了好一會。善解人意的值日生識相的當我們不存在，我們也是。只是有點丟臉。到社團教室教我不是更好嗎？

「笨蛋。社團教室是用來進行社團活動的，不是用來K書的地方。這不好好區分是不行的。在做有趣事情的時間做一些無趣的事，豈不是很掃興？」

春日的表情也的確是一臉無趣。她幫我考前猜題，又詳細解題給我聽，等到我全都做對了才放我離開講桌。

「嗯。就先這樣吧。」

在我的大腦就要對超時工作發出抗議的五分鐘前，她才丟下自動鉛筆、闔上課本。值日生們早已打掃完畢，全班同學都走得不見人影了。

「你明天的小考要是還低於平均分數就無藥可醫了。得動外科手術才行。可以的話你最好背到期中考結束。」

這我無法給妳保證耶。我怎顧得了那麼久以後的事？我把標滿記號的可憐教科書塞進書包，俯視著春日那挑戰性十足的威風眼神。本來想吐嘈個兩句，卻半句也說不出來，只好上下點點頭敷衍過去。

「這樣你明天的小考應該是沒問題。要是連一半都沒解出來，身為團長的我就要記你一次申戒了。真變成那樣的話，我就得為你準備一套專門的數學攻略了，拜託你別給我找麻煩。」

春日邁開大步走回自己的座位，拿起書包說道：

「你還愣在這幹嘛？快走啊。實玖瑠他們等我們都等得不耐煩了。」

恐怕找遍全世界，也找不到比那三人更安於等待的人了。更何況我早就想快點過去了。

我朝快步前進的春日肩上搖來晃去的頭髮追上去。老實說，我並沒有完全把明天小考的事拋到忘卻的國度。我有打算在數學課前的休息時間請國木田賜教一下。

只不過最後明天改成了今天，小老師也從國木田變成了春日……時間和人物換掉了而已。嗯……該怎麼說呢？這種事才應該被分類到無關緊要的瑣事吧。

邁開大步的我，走了十幾步才跟上走廊上帶頭的春日。

走路有風的春日步調就跟平常一樣沒必要的威風凜凜，就像是聽到開貓罐頭聲音的三味線，為了跟她那足足有自己身高一半的步幅齊步，我也不得不命令腿部肌肉全力運作。

託大步走的福，我們一下子就來到了社團教室門口。春日沒敲門就推開，踏進教室的當下終於停下了腳步。

「啊，涼宮同學。阿虛。」

小跑步趕過來的朝比奈學姊不知為何穿著的不是女侍服，而是普通的學校制服。面帶困惑的未來女孩，聲音聽來有些柔弱兼不知所措。

「等兩位等好久喔。我本來還想去請你們過來……啊，不對，不是我在等你們，是那個……」

因為春日擋在門口動都沒動，我就伸長脖子自她水手服的肩頭上朝室內望去——

「嚇？」

我不由自主發出了怪聲。

長門在角落看書，古泉也坐在桌旁面帶微笑——可說都是司空見慣的景象，卻發生了一件意外的插曲。

朝比奈學姊轉身面向社團教室說道：

「各位，讓你們久等了。茶杯不夠，沒辦法端茶招待你們……呃，差不多在三十分鐘前他們就一個一個來……我也不知道該怎麼辦——」

臉上的表情有著明顯的困惑。

社團教室大爆滿。

不用確認室內鞋的顏色了。一年前的我們也流露出同樣的氣質。怎麼說呢……用「新鮮」這個詞來形容似乎也嫌老套了點。

一群一年級的男女新生，擠滿了文藝教室。

數量約莫有十名。

大家都緊盯著我和春日，擠出怪怪的笑容。

在現場緊繃的氣氛中，春日終於開口了：

「他們……是來申請入團的嗎？」

在朝比奈學姊和古泉回答前——

「是的！」

男女混合約十名新生已搶先一步唱出了和聲。

聽到這群莫名充滿希望的青春小鳥的唱和，我的嘴巴流瀉出不搭軋的口白：

「唉唉唉。」

β—5

星期一，早上——

昨天發生了那種事，讓我今天的心情相當複雜。但可不能讓臉上的表情也跟著複雜化。畢竟春日有著如同萬能菜刀那般銳利的直覺，萬一她曲解了我的負面想法，轉個三百六十度後，負負得正成了正確答案也說不定。

最起碼，也得戴上一副精神抖擻的面具才行。

不知是幸或不幸，比我早到校的春日整個人無精打采的趴在桌面上。

都升上二年級了，不太可能是因為形同強迫學生平日登山健行的上學路段而累成這樣，應該是看深夜電影導致睡眠不足之類的吧。

天助我也。我一心祈求虛脫的團長別突然醒來，儘可能不出聲落坐在自己的位置，悄悄地把書包掛在桌旁。

我聽著背後傳來春日稍微抬起頭來，頭髮和衣服發出的摩擦聲；望著還沒被粉筆污染的黑板。

直到預備鈴響起，導師岡部快步走進來為止，我都那樣沒動過。

說到睡眠不足，其實我也是。昨天又被久違了的身分不明的怪人強行帶到非現實的場所，害我的腦子出奇的清醒，輾轉難眠。

加上又擔心半夜會有電話進來。

大概就是那個原因——

在第二堂的古文課上，我就開始釣魚了。照進教室的煦煦春光，更是將這避也避不掉的睡意發揚光大。背後早已傳來春日規律的鼾息，就算再增加一名臨床睡眠學習者也沒差吧……

……我不行了，睡魔中的大魔王來襲……

毫無抵抗力的我瞬間就落入睡魔的魔掌，偏偏就做了那個夢。

那等於是親身經歷實際發生過的某件事……是國三生……某日的回憶。

……………

…………

要是十幾年來都過著平淡無奇且無聊至極的生活，有時回過神來會發現自己正在思考一個驚天動地的念頭，可怕得連自己都嚇一跳。

譬如會不會有某國的軍隊誤射的導彈搞烏龍從天而降啦、掉下來的人工衛星會不會成了火球直擊日本的某處啦、會不會掉下一顆超大隕石，造成世界前所未有的大混亂……等等之類的。儘管對目前的生活並未絕望到期待世紀大災難的降臨，有時就是會冒出那一類莫名其妙的念頭。

當我把這些念頭告訴同班同學暨好友的佐佐木時——

「阿虛，這個叫作娛樂症候群。你看太多漫畫和小說了。」

她露出一貫的親切笑容為我解說。那是我從來沒聽過的詞彙。我就很自然的提問了：那個娛樂症候群是什麼？

「你沒聽過很正常，因為那是在下剛剛自創的名詞。」

以此作為開場白後——

「現實無法像你喜歡的電影或電視劇、小說或漫畫一樣，所以你覺得很不滿吧。娛樂世界裡的主人翁，往往都是某一天突然要面對非現實的現象，被置入障礙重重、叫人渾身不自在的狀況中。大多數情形下，故事的主人翁都會憑著智慧與勇氣、隱藏的潛能，或是無意中覺醒的能力打破現狀。可是那些都只是在虛構的世界裡才可能發生的故事。正因為都是虛構的，它們才能成為娛樂。如果電影、電視劇、小說和漫畫裡的世界是日常生活中隨處可見的，那就不能算是娛樂，而是紀錄片了。」

我聽得似懂非懂。老實道出我的想法後，佐佐木的喉頭發出了咯咯的低笑聲。

「也就是說，現實的背後其實是有牢不可破的法則。就算你等到地老天荒，外星人還是不會攻打過來。古代的邪神也不會從海底甦醒。」

妳怎麼知道？妳是想說這世上有「絕對不可能發生的事」嗎？至少巨大隕石撞上地球的機率不會是零吧。

「你說機率？阿虛，以機率來解釋的話，世上的確是沒有不可能發生的事。譬如說——」

佐佐木指著教室的牆壁。

「你用力衝向那面牆，穿牆而過到達隔壁的教室，就機率而言的確不是零。哎呀，看你的表情好像在說：『我怎麼可能穿牆而過？』話可不能這麼說喔。在量子力學的微觀世界裡，即便有電子絕對無法通過的絕緣體擋住，電子卻在不知不覺間通過該物體出現在別處，這種時有所聞的現象，就叫做隧道效應。根據這個理論，構成你身體

的元素歸根究柢也只是跟電子相同的粒子，同理可推，你不用破牆就能過去隔壁教室的機率也不是不可能。只不過那個機率微乎其微到就像一秒撞一次牆，恐怕花上一百五十億年也不會成功的一樣。換言之，也可以說是不可能，對不對？」

我們本來是在談什麼來著？每次聽佐佐木說話，自己原本的想法都會被模糊掉，最後被唬得一愣一愣，結束了對話。

佐佐木端正的面容綻放柔和的微笑，從正面瞄我。

「況且——阿虛，假設現實中的你真的被放到非現實的故事世界空間裡，你是否能像虛構的主人翁們那樣應付得宜，也是一個很大的疑問。至於那些主人翁何以能運用智慧、勇氣、潛力和能力來打破逆境，是因為故事本身的設定就是如此。那麼——你的設定者又在哪裡呢？」

記得當時的我，是聽得啞口無言。

以上是距今兩年前的六月某日，置身於國三教室裡頭的我跟佐佐木之間的對話。我跟佐佐木是在這一年春天成為同窗後才認識的，我們兩個特別談得來，常一起聊些有的沒的。把艾勒里‧昆恩的國名系列全部看過的學生，據我所知只有佐佐木一個。附帶一提，我連一本都沒看過。倒是因為常聽佐佐木講得妙趣橫生，我才會知道故事的梗概。

會和佐佐木混得這麼熟，一半也是因為這一年我被逼著去補習，剛好又和佐佐木上同一個班。午休時間也坐在一起吃營養午餐，聽我這麼說應該想像得到我們有多熟吧。基本上我是喜歡自己邊看漫畫雜誌邊吃飯的人，可是跟這傢伙一同進食卻完全沒有那方面的顧慮。不過在學校和補習班以外的地方，我們就完全沒有交集了。所以如果有人問我們是不是死黨，我應該會回答「ＮＯ」吧。

佐佐木從鄰座探出身子，手肘擱在我桌上。閃閃發光的黑亮雙眸在端正的五官中尤其醒目。只要她改掉那種長篇大論式的遣詞用句，一定會很受歡迎。

我試探性的把自己的想法說給她聽。

「你的說法真有趣。」

佐佐木強忍著笑意，說道：

「真搞不懂為何受不受歡迎會被視為人生一大課題。在下只希望自己隨時隨地都能保持理性與邏輯思考。要全面接受現實，就要將情緒性的、感情性的思考活動視為惱人的雜音全面排除。感情這種東西只是阻礙人類步上自律進化之路的粗劣路障。尤其是戀愛，更是一種精神病。」

是嗎？

「很久以前有人這麼說過。這句話的寓意很深遠，所以在下到現在還記得。你該不會想說什麼沒有愛情就不能結婚、不能生孩子之類的瘋話吧。」

我沉默下來。我會想說什麼來著？

「看看野生動物就知道了。牠們之中確實是有疼愛、保護、養育孩子的種類，但那並不是源自於愛情。」

佐佐木的唇角微微一撇，故意有些使壞的笑了笑。看她一副在等我發問的樣子，我就問了：

「那是源自於什麼？」

佐佐木說道：

「本能。」

接下來我就一直聽她單方面論述本能和感情究竟是兩種不同的東西、還是一體化的東西；如果是一體化，有沒有分離的可能；不知何時又換成了從修辭的觀點分析性善說和性惡說之別的問題。此時，我的桌面上落下了第三者的人影。原來是我們班的衛生股長岡本拿志願調查表來……

……

…………

……………

耳邊傳來輕柔的鈴聲，我聽到的已是餘韻。

在想起岡本的長相前，我就醒了。連忙確認所在位置。這裡是北高的二年五班教室。不知不覺已來到了下課休息時間。春日似乎還沉浸在睡夢中，後面傳來她那平靜且規律的酣睡聲。

接連兩個人在課堂上打瞌睡，竟然沒被叫起來罵，簡直是奇蹟。倘若是看透人生的教師已決定放棄我們兩個的話……嗯，春日可能會很高興啦，可是學業成績不是很理想的我就不能那麼肆無忌憚的開心了。好歹我也是打算升學的……起碼我父母是這樣打算。

由於我剛才是枕著攤開的教科書睡覺，就用手摸摸看臉上有沒有留下痕跡。這段時間，我剛才夢到的片斷幾乎都從記憶中脫落了。咦？印象中好像聽到了一句很重要的話。我記得夢裡有佐佐木，卻無法清楚憶起對話的內容。

我用手彈了一下自己的太陽穴，好痛。

這才是現實，剛才的是夢境。這不是廢話嗎？不是，我真的是有必要偶爾確認一下目前所在的世界是不是真正的現實世界。我必須激勵一下那總是拘泥於過往回憶的消極心態。

佐佐木、九曜和橘京子固然也是現實的一環，但我畢竟不算是那邊，而是這邊的人。也就是現在，正在我身後睡死的團長大人這一邊。

這是絕對不能忘記，也不應該忘記的現實。

萬一這個現實遭到破壞，我說什麼都會設法將它修復過來——這正是我的想法。沒有人要我這樣做，我這麼做也不是為了什麼人。我也不想自我膨脹的以正義使者和博愛主義者自居。說到底都是為了自己啦。這是早在去年聖誕佳節時，我就已經做好決定的。

一到午休時間，春日又跑得不見蹤影，我也樂得和谷口、國木田圍著課桌，享受悠閒的午餐時光。

老是跟舊識混在一起，不是因為我懶得在朋友聯絡簿添上新的名字。只是這兩人跟我很合得來，事到如今也沒跟他們疏離的必要。說起來，沒有好好換班洗牌的校方也有責任。因此我決定這一年也要繼續跟這兩人維繫朋友關係。

「阿虛，問你一下喔。」

國木田小心翼翼剝下鮭魚的魚皮，呆呆望著我。因為他問得太自然，我不假思索就應道：

「什麼事？」

「你最近有見過佐佐木同學嗎？」

我差點把嘴裡的酸梅連同梅核吞了下去。

「……為什麼這麼問？」

難道須藤的同學會聯絡網已經拓展到國木田這邊來了？

「前不久……應該說是四月初吧。」國木田停下筷子，「我參加補習班舉行的全國模擬考，在考場有見到她。不過我們沒說上話。我還懷疑她有沒有注意到我哩。」

那你為什麼現在又突然提起？都開學這麼多天了。

「因為模擬考的結果昨天出來了。就是排名次的那個。我在找自己的名次時，卻先發現了她的名字。她真厲害，總分比我高出很多。」

說著說著，國木田再次動筷。

「然後我就想：下次一定要考得比她好。我只是暫時訂個目標啦，也就是所謂的假想敵。我想佐佐木同學的名次不會有太大的變化，所以只要考得比她好，就可以測出我的實力到哪裡。我想你可能會知道，就問問看。有聽說佐佐木同學的志願是哪一所大學嗎？」

「不知道。」

這個話題能敷衍就快點敷衍過去。否則……

「喔哦，這我就不能裝作沒聽到啦。」

谷口壞壞的一笑：

「佐佐木？是那個嗎？跟阿虛在國中很要好的那個女的？」

我說吧，這超容易上鉤的痞子把餌連同釣魚針都整個吞下肚了。

我立刻行使緘默權，化身為無言教的教徒，專心繼續吃便當。谷口像是毫不掩飾好奇心的貓咪探出身子追問：

「她是個什麼樣的人？」

「長得很可愛，頭腦也很好。要說怪也的確是有些怪啦……不過我總覺得她是刻意在彰顯她奇怪的那一面。嗯～總之是個怪人。」

佐佐木也說你是個怪人，你們還真有默契。

「是嗎？可是意義上還是有點不同吧。佐佐木同學對自己的怪是有自覺的，而我就算被說怪，也不知道自己哪裡怪。不過呢，她就很了解自己。不但對自己相當了解，還把自我設限套在一個框框裡面，設法不讓自己跳脫那個框框——我覺得啦。」

有道理。難怪她說話總是有條有理的。

「至於她現在是否還是那樣，我就不曉得了。因為——你想想看，佐佐木同學念的是高升學率的明星學校，裡面的學生大部分都是男生吧。如果她還硬要自我設限，我擔心她遲早會悶出病來。」

國木田嘴上說擔心，表情卻沒有多擔心。谷口把花椰菜放進嘴裡，對他說道：

「那女的不在我的營業範圍內。我受夠怪女人了。涼宮也是……不，我本來就跟涼宮沒什麼關係。不過說也奇怪，為什麼我總是跟可愛的女生無緣呢？想說升上二年級了，目標定在低年級學妹才是上策，可是卻還是找不到什麼交集。在夏天來臨前一定要想想辦法才行。」

對於不知為何途中開始變得像連珠砲的谷口，我也只能跟他說：隨便你愛怎樣就怎樣。昨天才跟佐佐木見過面、同時跟三名怪傑進行了一次奇怪會談的我，剎那間食慾全無。國木田和佐佐木之間意外的交集毫無疑問是偶然，但是他會在這麼巧合的時間點問起佐佐木的名字，我實在無法不產生這恐怕是前兆的非科學性聯想。活像是編寫劇情大綱的某人在提醒我別忘了似的，有一種超不自然的不協調感。

會是警告嗎？照昨天的情形看來，佐佐木當然是沒有，藤原和橘京子也沒有對我脅迫或是威嚇，九曜也是。雖然那傢伙總是讓我起雞皮疙瘩，可是我們這一邊也有長門，連喜綠學姊也外派到咖啡廳出差了。所以我才會如此老神在在。

仔細一想，我們SOS團好歹也是團結一條心。他們那邊卻好像不是。向心力不

像古泉那麼強的超能力者、比朝比奈（大）更自我中心的未來人、完全不懂地球禮儀為何物的新登場外星人——這三者的結盟，乍看實在是太薄弱了。再加上雖然他們一心想把佐佐木抬上神轎，佐佐木本人的意願卻不高。

就憑那幾個烏合之眾也想對抗所向無敵的春日？起碼事前套招也要套好嘛，現在這樣根本就是不上不下。他們到底在想什麼？橘京子以為憑她那點說服力，我就會像基盤不穩的政客急著西瓜偎大邊嗎？別把我給瞧扁了。

宛如明明有睡飽卻因為睡太多，早上起來昏昏沉沉的那種不舒服的感覺又湧上來了。我再度扒起便當。

谷口的話題已轉移到一年級新生中有多少位ＡＡＡ等級美女上，但我目前的心思完全不在那上面。反正那當中也不會有人想加入ＳＯＳ團吧。

畢竟涼宮春日和ＳＯＳ團的大無畏傳說已遠近馳名，連校外人士都如雷貫耳。這是聽佐佐木說的。

當天放學後，結束班會的岡部走下講台的同時，我和春日也站起了身子，迅速離開了教室。

本以為她會跟往常一樣直接殺到社團教室去——

「阿虛。你先過去吧。我要先去一個地方。」

春日把書包揹在肩上，踩著比丟擲出去的滑石（curling）更滑順的步伐跑走了。

她該不會比谷口搶先發現了AAA等級的一年級新生，又要強行把對方押到社辦去吧？要真是那樣也沒辦法，春日愛怎樣就怎樣吧——早在八百年前我就認清這個事實了。我決定悠哉悠哉朝社團大樓走去。

運動社團的新血輪似乎已經開始活動了。操場上到處可見去年度還是屬於三年級學長姊的學年指定用色的運動服，走廊上也會碰到，這種感覺還真新鮮。用「新鮮」這個詞來形容似乎嫌老套了點，可是也沒有其他表現方式了。

如果文藝社也有新人加入，長門就可以擺擺前輩的架子了。但她畢竟是一年怕是讀破三百本左右的地球產書本愛好者兼聯繫裝置外星人。就算有了後輩，也很難想像平常張著透明防護罩的長門會高興到哪去。不過與其自個默默找要看的書，不如增加讀書會的同伴，可以交換彼此買的書看來得方便吧。我既沒有發表讀書心得的能力，又只會跟長門借書，也從來沒借過書給她。不如找個紀念日巧立名目，送張圖書禮卡給她吧？

我沒有省略每次都會做的敲門步驟和確認裡頭的反應。沒有回應。我馬上打開門，發現裡面空無一人，我竟然是第一個到，真難得。

我把書包放到長桌，落坐在鋼管椅上。感覺有點落寞。我不禁思索為何自己會有那樣的感覺，突然發現一件事。

對喔，幾乎可算是文藝教室活招牌的長門，現下卻不見人影。

嗯~也有可能那傢伙今天值日，或是班會開太久拖延了時間。還是跑去電研社出差了？

在等待其他四人的期間，我拿起大概是長門攤開在長桌上讀到一半的那本精裝書，看了一下翻開的那頁，內容好像是在講述一個永遠找尋歸處的裝置怎樣又怎樣的故事。

α—6

僵了幾秒鐘後，春日頭一個下的命令，就是把室內所有人——除了朝比奈學姊和長門以外——統統趕到走廊上。理由很簡單——

「實玖瑠，妳先換衣服。當然是女侍服囉。旗袍……雖然有點不甘心，但那件可能不合妳的尺寸。真遺憾。不過沒關係，過陣子我會幫妳準備，妳再忍耐一下。」

「咦？呃，現在換嗎？」

朝比奈學姊侷促不安的抱著身上水手服的肩頭，一看到男女混合的一年級新生們老實又聽話的魚貫走出社團教室後——

「哦……」

像隻黃背綠鸚哥歪著脖子。春日立刻朝她舉起一隻手指左右晃動。

「實玖瑠，妳是SOS團的什麼？妳應該早就知道了吧。為了慎重起見，說一次給我聽聽。」

「呃——那個……我是……？咦？我是什麼來著……？」

相較於沒自信的仰望著春日的朝比奈學姊，對自己的信心可說是遠超過狂妄的新興宗教教祖那般桀傲不馴到遭天譴的團長，用指尖戳戳宛如小動物的三年級學姊的鼻尖，朗聲宣布：

「是吉祥物啦，吉祥物！實玖瑠若不是萌角色就沒戲唱了。當然，妳的定位不只是這樣，不過最基本的要素還是萌。地基如果沒打好，整間屋子的結構就會受影響。在暫時入社活動上要妳變裝也是同樣的道理。身為醒目的象徵，妳在這裡就得扮成女侍。否則新加入的候補團員也會感到迷惑吧。第一印象最重要！嗯嗯，本小姐敢掛保證，實玖瑠正是有這樣的天賦。妳就自信一點，好好扮演女侍角色，聽到沒有？」

春日轉向我們，拋出一個一看就知道她在想什麼的笑容。

「你們在外面等一下。可別讓他們跑了。我接下來會進行ＳＯＳ團說明會。有人敢落跑就不必客氣，立刻施打麻醉針五花大綁起來。」

一說完，她就關上門。

成為遮蔽物的門扉裡面傳來了宛如一切歷歷在目的衣物磨擦聲和「哇啊！咿呼？涼宮同學……好癢……呀哇嗚嘻……」這些朝比奈學姊半哭半笑、極具刺激性的聲音。我和古泉無事可做，就觀察起在走廊上排排站的大批新生。

其實那十餘名一年級新生大可趁機逃走的，但是他們的眼神中卻都閃耀著好奇和期待，遵從春日的聖旨不敢散會。我數了一下，有十一個人。男生七名，女生四名。穿著綠色滾邊，簇新的室內鞋，證明他們成為高中生還不到一個月。

該不該先提醒他們一下呢？就是以人生前輩的身分，給他們一些忠告之類的。

我偷看古泉，這位有著「副團長」此一百分百榮譽頭銜的斯文男，掛上招牌微笑，態度泰然自若。由他的眼神中綻放出老神在在的光采，表情也鬆懈萬分看來，這些新生當中似乎沒有混入古泉的手下。也就是說，可以將這單純視為任何一間學校的社團活動見怪不怪的光景——申請入社者參觀社團教室的活動一環嗎？可是ＳＯＳ團並未獲得校方認可，也不會有稱得上正常的社團活動，這批小鬼到底瞭不瞭啊？

「不瞭就不會來了。」

古泉小聲對我咬耳朵。

「據我所知，來到這裡的新生都沒有別的用意。顯而易見，他們個個都誠心希望成為ＳＯＳ團的一員。至少這裡面沒混入超能力者、外星人或者時光旅行者。」

你會說得這麼肯定，一定是有根據的吧。橘京子、未來人和周防九曜都出現了，就算那票人的同夥潛入北高企圖滲透進入ＳＯＳ團，也不是什麼不可思議的事。

「所有新生的身家背景我都調查過了。」

古泉涼涼的說道：

「況且——橘京子一派不可能潛入北高。畢竟這兒有我們『機關』在把關。此外，這當中若有九曜小姐那一方的聯繫裝置外星人，相信長門同學也不會毫無反應。裡面混有未來人的話，那更是再好不過。正好可以把對方抓起來問清他們的意圖。只不過很可惜，齊聚在這裡的每個人沒有人疑似是未來人。」

古泉愉快的含笑眼神依舊，向十餘名新生輕輕拂過。

「當前並沒有問題人物，真要說有什麼問題——」

古泉的耳語音量壓得更低了，就只有我一個人聽得見吧。

「也只會發生在涼宮同學認可為團員的人身上。她不會毫無理由將所有新生照單全收，所以問題就在於她選擇誰、以及她是用什麼方式來選擇。能留下一個就很好了。雖然對朝氣蓬勃、純粹只是想跟我們一起玩的一年級新生──被視為普通人的遺珠而言有點可憐。」

見到外行人主動衝進獅子籠來，我當然也會加以阻止……就怕來不及，到時可別怪我。

我移動視線觀察了一下，這群不足一打的新生外表上並無特殊之處。乍看甚至有些稚氣未脫，這是因為他們直到上個月仍是國中生的偏見在作怪吧。有掩著嘴偷笑的人，也有交頭接耳竊竊私語的女生兩人組。當中──尤其是女生的目光，似乎都在對我和古泉品頭論足，會是我潛意識裡的自卑情結在作祟嗎？

當我默默站著不動時──

「好，各位久等了！」

門以讓人誤認為是熱風的猛烈氣勢推了開來，春日招手催我們進去。

「大家進來吧！還有，阿虛，椅子不夠，麻煩你去別的地方借。去電研社或其他社團繞一圈下來應該就夠了。」

看樣子她是真的打算一直把我當雜役使喚了。

「你還愣在那裡幹嘛？快去快去！那邊的一年級新生們，快請進！不用客氣不用客氣，請進！快點！」

春日快言快語地進行抽象的指示。

「我也來幫忙。十人份的椅子光走一趟恐怕搬不完。」

古泉將倚牆而靠的背部抽離牆面，而我則莫可奈何的朝春日點點頭，並飛快看了一下室內。

朝比奈女侍版站在長桌一側。大概是室內的男女比例暫時性逆轉的緣故，學姊像是怕生的小家碧玉羞紅了臉，瑟縮起身子。另一方面，長門自身的位置資訊和運動能量則完全沒有改變。

我和古泉在社團大樓內到處敲門，好不容易才湊足十人份的椅子回到文藝教室，只見那群一年級新生像是被檢閱似的排成一橫排。

春日傲氣十足的仰靠在團長席上，長門坐在固定位置；朝比奈學姊則是無所適從的呆立一旁，看到我之後，臉上的表情明顯安心不少。這間平常人口密度偏低的文藝教室，如今擠進三倍以上的人員，放眼望去就是很不自然。不是朝比奈學姊也會覺得不安吧。

我和古泉將鋼管椅放在長桌外圍，正當我想對杵著不動的一年級新生說句應景的話時——

「全體坐下！坐。」

卻被團長搶走了先機。

十餘名一年級新生剛開始都很客氣，讓來讓去的，不一會兒就自動挑自己喜歡的位子坐下。看到他們都坐好了，古泉將椅子移到牆邊，擺出監考副試的表情落座。我也想這麼做時，卻發現身邊沒有給我坐的鋼管椅。

「咦？」

文藝教室原本就有的鋼管椅是團員的份加上客座一張。加上剛才借調的十張椅子，應該是夠申請入團的一年級新生坐的啊。為什麼我反倒沒位子坐？

我重新數了一次人頭。

一年級新生總共有……嗯？十二個？我之前數錯了嗎？在走廊時明明是十一個啊，男生七名，女生……五名？我仔細審視了每個人的容貌，也判斷不出到底漏算了誰。既然覺得大家都在，反之剛剛少算了誰，我也察覺不出來。可以確定的只有一點，我的瞬間影像記憶力差得可以。

沒辦法，我只好用站的了。此時，朝比奈學姊又慌亂了起來。

「啊，啊！茶杯不夠。那個……泡茶……我想泡茶……怎麼辦……」

到學生餐廳去A些塑膠杯來就好啦。不過對方只是前來參觀社團的新生，有需要奉茶給他們喝嗎？正當我思索著這個問題的時候——

「櫥櫃裡有紙杯，用那個就行了。」

春日作出了結論，朝比奈學姊興沖沖地拿出一袋未開封的紙杯，然後又慌慌張張的說：

「啊啊！對不起，水不夠，我這就去提水……」

「阿虛，去提水。火速。」

接過春日閣下下達的聖令，我用臭到不行的一張臉，雙手提起水壺跑到飲水間。

當我氣喘吁吁的跑回教室，只有朝比奈學姊那句歉疚中帶著喜悅的「謝謝你，阿虛。」慰勞我，這樣就夠了。

不知何時變成「一打」的這群一年級新生，目不轉睛的追逐朝比奈俏女侍把水壺放到爐子上的倩影。

春日自豪地說道：

「就是這樣。我們團上有優秀的跑腿和女侍。你們可以去全國走訪看看。有可愛的俏女侍免費泡茶的團，全世界就這麼一個！」

「咦？啊，是……」朝比奈學姊欲語還羞。

「喔哦——！」一年級新生興奮的大叫。

你們是笨蛋嗎？這有什麼好感佩的？況且，這裡不是好此道者來的地方。

「而且呢——」不可一世的春日綻放萬丈光芒的笑容說道：「實玖瑠的泡茶技術日益精進。上次喝的團茶有股怪味，有趣極了。名字我也很喜歡。」

「啊啊，那個是……是的，那是我的野心之作。太好了……」朝比奈學姊像頭受到稱讚的忠犬開心不已。

「喔哦！」那群一年級新生又怪叫了起來。

不對。你們錯了，這時候不該「喔哦」，而是要趕緊打道回府。因為那種叫什麼來著的茶有股藥味……儘管加上了朝比奈學姊的修正，還是無法昧著良心給它高分。除了喝任何東西都習慣一口氣吞下肚的春日之外，我還真不敢推薦給任何人。幾乎可用來當懲罰遊戲了。

朝比奈學姊興高采烈的準備茶水之際，長門依然事不關己的縮在一角繼續看書，古泉則完全當起了一名觀察員。我只得像個門神靠在社團教室的門板上，聽春日繼續演講。

「各位，你們矢志加入我們SOS團，可見有過人的毅力。雖然學生會有諸多限制，害我們無法大力宣傳，但我知道，絕對會有堅持到底的新生出現！嗯，沒錯。主動找來這裡就對了。不瞞各位，我也到一年級的校舍打探過，但是每個新生看起來都一樣。不過！你們比目前不在這裡的那些新生優秀多了。這一點我敢打包票，你們要有自信一點！只是——光這樣是不夠的。本小姐的團和隨處可見的社團活動是涇渭分明，團員自然也得有那樣的認知！想必你們都是充分了解過ＳＯＳ團是個什麼樣的地方後才來的吧？」

我要是被這樣問到，恐怕會很頭疼。畢竟連我都答不太出來ＳＯＳ團到底是在幹嘛的。

「有沒有什麼問題？」春日接下去問。

可說在意料之中吧。那群新生中，一位高個子短髮男孩舉手。

「我想請教一下。」

「說來聽聽。」

「其實我並不知道這個團是什麼樣的地方。只是想說很有趣就來了。因為國中時我就聽說這裡有個怪怪的社團，進來北高後居然真的有，就忍不住跑來了。雖然我的加入動機有點怪，不過應該沒關係吧？」

春日立刻站起身，綻放慈愛的微笑，走近那位學弟。

「好。你可以走了。」

「嗄？」

她一把抓起啞口少年的衣領，以小型起重機的蠻力拖行。打開門、放到走廊外。

「很遺憾。你在入團考試的第一階段就沒過關，辛苦了。請你回去磨鍊一下實力之後再來吧。」

當著那可憐的一年級男生的面把門關上，春日轉過身來，說道：

「NO、NO，千萬別把我看扁喔。本小姐可是SOS團團長！負有讓世界變得更熱鬧的義務！雖說我完全沒想過除此之外的事，但這可不是在爬華嚴瀑布（註：日本三大名瀑之一，高九十七公尺，海拔高度一千二百七十四公尺）喔。所以即便對新團員，我也不會有絲毫妥協。這類事情的把關如果沒有一年比一年嚴格，內部很快就會腐壞。」

被唬得一愣一愣的不只有朝比奈學姊一個，還包括我和室內全體新生。入團考試？什麼時候開始的？那個一年級學弟實在有夠衰，還沒能品嚐到朝比奈學姊泡的茶——雖然是用紙杯裝的——就被驅逐出境了。

「恕我醜話說在前頭。我對搞笑一事要求是很嚴格的。開黃腔和模仿一律辭退。總之就是不能用極端的行為來譁眾取寵。要就用談話來決勝負，也就是Freetalk。我研究過，人之所以會笑，結構就是——」

我們幹嘛非得在這聽春日高談笑論？

「春日。」

由於副團長以下的團員這時候完全派不上用場，用消去法之後，結果還是由我冒死諫言。

「剛才那是怎麼回事？那位學弟未免太可憐了吧？妳所謂的入團考試又是怎麼個考法？難道是說了妳不愛聽的話就當場淘汰嗎？」

「我才沒那麼自以為是好不好！我只是希望聽到更有企圖心的發言。答題是很簡單的事。配合問題的難度動動腦就能過關。只有問問題才能看出一個人的水準。」

「妳是說，剛才那個——」我用大拇指指了一下社團教室的門，「剛才那樣的問題水準不高是嗎？」

「坦白說，就是那麼一回事。」

春日若無其事的回到團長席，露出溫柔的學姊笑臉，睥睨著那群少了一人的新生們，說道：

「那麼——還有什麼問題？」

用膝蓋想也知道，沒有一個人敢開口。

即使後來朝比奈學姊將泡好的茶端給每個人，或許是雄心壯志都熄滅了，那群一年級新生都面帶菜色的默默坐著。

只見春日活像是在講述真田十勇士英勇事蹟的說書先生，自顧自滔滔不絕說著SOS團成軍後的歷史。裡頭尚加入許多誇飾，大家聽聽就好。（註：猿飛佐助、霧隱才藏、三好清海入道、三好為三入道、由利鎌之助、穴山小助、根津甚八、海野六朗、望月六朗、筧十藏，是真田幸村的十名左右手，人稱「真田十勇士」）

我把一人遭淘汰而空出來的鋼管椅拉過來，在古泉身旁落坐。一語不發的副團長面露苦笑，對著總共十一名——到頭來還是十一名嗎——的新生品頭論足。我也來學他算了。反正春日似乎覺得沒必要自我介紹，根本沒問任何人的名字、班級和國中母校。正當我想根據外貌的特色給他們取個綽號時，視線很自然的落在其中一人身上。

那是一個女學生。在此先澄清一下，我沒有任何不良的企圖喔。

專注聆聽春日大唱獨角戲的一年級新生中，就只有那個女生相當進入狀況。

聽到棒球大賽的連續全壘打光榮事蹟，她小聲發出歡呼；聽到孤島殺人事件，她摀住嘴巴；聽到解決篇後又笑了開來；聽到跟電研社進行的超誇張遊戲對戰更是不住點頭；聽到春日宛如在講自家事似的，讚不絕口的阪中家愛犬物語也是會心一笑。

是個反應超直接的一年級新生。

由頭部位置開始計算，身高跟長門差不多，體重大概比長門輕。一頭捲髮似乎沒有吹整過，髮尾有點亂翹。類似微笑標誌的髮夾斜斜夾上去，說是特色也算是一種特色吧。不過——不知是不是制服不合身，仔細一看會發現衣服穿在她身上寬鬆了點，感覺一點都不合適。

而且，我越看越覺得這個少女很面熟。可是——我又很確信絕對沒見過她。別說是這位低我一個年級的女生了，過去也不曾存在過類似的人物。腦海中反覆進行圖像的拼湊，但不管那個女生的頭髮或直或長或短，我還是想不起曾在哪裡見過她。難道她是某人的妹妹，所以有哥哥的影子？儘管如此，我還是想不起來那個哥哥會是誰。那種感覺就猶如熱燙的關東煮卡在喉嚨那般焦躁難耐。

其實像我這樣直視人家是很沒禮貌的，可是那女孩完全沒感覺，一味專注聆聽春日的獨角戲。看著她的表情變來變去，真的很有趣。是一個任何謊言都會信以為真，讓演講者歡喜不已的模範聽眾。

「——事情就是這樣。我們ＳＯＳ團推翻了學生會長毒辣的計畫，才讓文藝社得以存續下去。想必那班惡徒一定跟特攝英雄片中的壞人一樣不懂得記取教訓，又會使出骯髒齷齪的手段，可是先迎接結局的肯定是他們。ＳＯＳ團和我絕對不會在半路倒下。至今是如此，還有——沒錯！今後也會是如此！」

聽來像是演講結束了。春日舉起一隻手，停頓了好一會兒。

我正想把變涼了的茶杯看是要放到哪裡去時，春日朝我投射奇怪的視線，還不住對我眨眼。下巴動來動去的，到底是在暗示什麼？

在我苦於不知該對春日那難解的眼神做什麼反應時，一陣小小的掌聲傳進我耳中。從那可稱之為「小手」的手掌拍打出來的音量自然大不起來，而那雙手的主人正是剛才我一直很注意的一年級女生。

在不停拍手的少女帶動下，其他的新生也回過神來坐著鼓掌。朝比奈學姊看看左右，也慌忙跟著做。

春日心滿意足的點點頭，同時朝我投來責難的眼神。這要怪妳沒有事先安排好。這種事情本來就要事前講好。

春日突然舉起手，制止了掌聲。

「嗯，就是這麼回事。這麼一來你們都該了解ＳＯＳ團的總論了。本來我是打算接著進行入團考試第二彈的，不過你們也需要準備一下，今天就到此為止！有志者請明天再來。以上！」

此時，我才注意到如此宣言的春日的臂章不是寫著「團長」，而是「主考官」。

「好，解散！」

在那群新生快步離開後，春日就哼著歌曲、開啟電腦，渾身散發出愉悅的氣息按著滑鼠。

我和古泉分工將商借的鋼管椅歸還回去。回頭與春日講話時，她的電腦操作已經步上正軌。

「妳到底有什麼打算？」

我一面拉開有我專屬印記的椅子，一面朝著春日那顆戴著髮箍、韻律擺動的頭顱發問。

朝我瞥了一眼，春日隨即露出「山人自有妙計」的表情，真教人不爽。

「那些想入團的一年級新生有意思要加入才會來這裡，妳的態度卻像是在逼他們打退堂鼓。我看他們不會再來了。」

「或許吧。」

春日飛快的鍵入文字。

「要真變成那樣，我也認了。我也不想要遇到這點小事就退縮的團員。我要找的是有幹勁的人。只不過空有幹勁也不行。必須是能通過我所有入團考試的新生才可以。這場跨欄賽跑的跑道不僅很長，障礙物也高得很。本來ＳＯＳ團就沒有缺人缺到得收留那些瞎湊熱鬧的凡人。」

既然這個組織在校內的存在意義等同於零，自然打從一開始就不會有什麼缺人的問題。站在學生會的立場恐怕也不希望有一年級新生成為新的祭神供品吧。這個房間的人口密度增加也是我所不樂見的。畢竟朝比奈學姊的茶可不是無限量供應，光要準備足夠的水和熱水就很費事了。

「春日啊，妳是當真想招收新團員嗎？」

我對接過朝比奈學姊的新茶，稍微休息一下的春日說道：

「長門和朝比奈學姊，以及古泉都是被妳硬拉進來的……說到這就想到，剛進來這所高中的一年級新生裡面，妳有看到讓妳跟以前一樣二話不說就想擄進團裡的人嗎？」

春日每到休息時間就會進行的校內出巡應該還沒結束。因為她很少留在教室。

「完全沒有。」

春日斷定的答道。

「至少沒看到適合當吉祥物的人。不過我想，多少會有一兩個具備奇特屬性的人吧。而且還是我完全沒想到的、走在時代尖端的那一型。不是已經在別處出現過的那種喔，而是前所未有的個性新品種！你想想，如果光找到處都有的類型，不是很無趣嗎？專挑一定路線的話難免會有相撞的類型。像是戴眼鏡的圖書股長是文靜乖巧型，短髮男人婆是運動社團型——這樣的我可得考慮考慮！」

那樣有什麼不好？總比來了個人格有缺陷的變態好得多。若換作是我，肯定是來者不拒。

「那種人我才沒興趣好不好。雖說人格特質的組合無限多，可是在進行突變種的排列組合前還有別的問題要考慮吧。這簡直就是人類想像力正隨著歷史的發展逐步劣化的證據。」

那種問題應該還輪不到妳來操心吧。這實在不像是當初把朝比奈學姊綁來的妳會說的話。

「實玖瑠可是獨一無二的人才，當然沒問題！」

再說呢，人類這樣一路走來不也活得好好的？以後也肯定有辦法存活下去。再怎麼說都比過度發揮變態的想像力、把地球給轟飛了要來得好。

春日活像是要將茶杯邊緣咬掉似的咬牙切齒。

「我想找的是更有新意、更出類拔萃的奇才！最好是跟我想法相反、能給ＳＯＳ團注入新氣象的新生！為了能將這些人逮個正著，我才會實施入團考試。不過看來可能得用消去法了。否則在見面的那一瞬間，我就會感應出哪一個是有著特殊精神構造的人了。」

春日放下茶杯，重新把手放回到滑鼠上。

「我現在在製作的，就是入團考試的筆試試卷。昨晚我就是在家忙這個。身為團長真的是有夠忙的。在你連個小考都不看在眼裡、無所事事的期間，我可是朝著既定的未來踏實邁進！阿虛，古人說得好：『他山之石，可以攻錯』。做人不能只看低處，而是要抬頭仰望那伸手搆不著的高處。人如果沒有往高處爬的決心，就會往下沉淪！」

這些說教我聽到都會背了，妳去唸給馬聽吧。況且離太陽過近的伊卡洛斯就是一心想往高處飛才會墜地身亡。我是覺得任何事適可而止就好。就像吃飯吃八分飽一樣的道理。

朝比奈學姊眼尖的發現我喝光的空茶杯，立刻提著陶壺跑過來。

當女侍這件事就有如呼吸一樣自然的朝比奈學姊，要是跑去咖啡廳打工，時薪肯定是平步青雲、一飛沖天。等等，學姊在現代的活動資金是怎麼來的？她果然有領未來人津貼嗎？

拜室內人口減少之賜，社團教室又恢復了原樣，終於可以好好放鬆了。除了不論發生任何事都不改讀書姿勢的長門，與剛結束一場鬧劇的春日之外，其他成員都在這種閒適的氣氛中回到了平日的崗位。

坐我對面的古泉，又把新帶來的遊戲擺上桌。

「要不要來玩一盤？」

那是名為「連珠」的古典遊戲。反正現在閒著也是閒著，就當作是頭腦體操，陪你玩玩吧。不過你得先告訴我規則。

「這就跟五子棋差不多，知道規則就很簡單了。」

於是，我就照著古泉的教導，一邊往棋盤上放棋子，一邊在實戰之中學會了大概的玩法。

我們就這樣下棋下到學校趕人，很快的我就開始連贏古泉。不知是我的記性好較快掌握訣竅，還是古泉棋藝太差？反正在課業學習上完全沒影響。我們持續廝殺了好一段時間，到了傍晚時分，長門就把書闔上，習慣以那個動作作為結束信號的ＳＯＳ團，也就此宣告活動解散，我們三三兩兩站起身子，等朝比奈學姊換好衣服，就離開學校。

明天，又會有多少個一年級新生二度來敲這個社團教室的門呢……

β—6

社團教室都沒人來。有事先去其他地方的春日姑且不論，長門很少會這麼晚還沒到。會是去電研社那邊露一下臉嗎？古泉畢竟是升學資優班的，上了二年級自然各方面的課業都得加強。他還真是進了一個麻煩的班級。九班的導師注重提高學生的學業成績更甚於教育的事蹟，我也頗有耳聞。古泉應該也是想考進一所好大學。不然也不會轉進那種壓得喘不過氣來的班級。有「機關」作靠山，他想進哪所大學應該都不成問題。只不過春日的目標大概就是他的志願校吧。至於我嘛——未來的事情當然只有未來才知道囉。一年半以後的我大概會知道自己有多少能耐。如果不走後門的話，我同古泉考進最高學府的機率只怕比蟻洞還小。至於春日——天曉得？我也管不著。隨便她到一個能發揮自己能力的地方去就好。

當我隨手翻閱長門的書時，能將這冷清的社團教室染成粉彩世界的人終於來到。

「啊，阿虛！」

會走路的負離子製造機——朝比奈學姊小心翼翼地把門關上，像是回到巢裡的花栗鼠放下剛撿回來的胡桃似的放下書包說：

「我今天比較晚來，想不到還有這麼多人沒到，真稀奇。涼宮同學呢？」

「她打從一下課就不知衝到哪裡去了。畢竟現在是初春，也許她又有橫衝直撞的衝動了吧。」

就像在冬天期間養精蓄銳的花朵，或是山茶花的種子一樣。會想到處亂跑的心情我也可以體會。誰叫今年的冬天感覺特別漫長。

為了讓朝比奈學姊能快點換裝，我起身準備離開社團教室，但是才邁開步伐又回頭過來。

「朝比奈學姊。」

「是？」

手搭在衣架的女侍服上，一臉疑問的望著我的朝比奈學姊，雙眸純正無比。實在不想讓這雙眼眸的透明度蒙上陰影，但是不問出口又換我心頭有陰影。像這樣只有我們兩人在的狀況又很少有，我還是提問了：

「二月份遇到的那個未來人……」

大概是從我的語調中察覺到什麼了吧，朝比奈學姊放開了衣服——

「嗯，我記得。」

她換上了嚴肅的表情。我斟酌字句，說道：

「那小子到底有什麼企圖？或者該說是，他來到過去的目的為何？感覺上不像是來觀察春日的，但我實在猜不透他的意圖。」

我說了又覺得煩惱起來。那個叫藤原的未來人又來了，這件事可以告訴朝比奈學姊嗎？關於他自稱藤原，還有佐佐木的事，哪一個是既定事項？又該不該說？

「呃——」

朝比奈學姊把手指按在嘴唇上。

「那個人的目的是……呃，我並沒有被告知耶。呃唔，可是——我想他來這裡不是要為非作歹。雖然這只是我的個人想法，不過我的上級沒有下達任何指令，應該就是這個原因吧。」

聽起來像是有難言之隱。大概是她不想觸碰到禁止項目吧。

我一邊回想朝比奈（大）的側臉一邊說道：

「那小子是不是來自於和這裡……和我們的時代相連續的未來呢？」

我最在意的，其實是這個。

「毫無疑問是相連的。」

朝比奈學姊一邊歸納自己的想法一邊說：

「那個人也跟我一樣……呃，是以同一種構造來到這個時代的。以ＴＰＤＤ進行的時間移動……是的，因為會在時間平面上留下痕跡……」

此時，她突然抬起頭說道：

「咦……？這明明是禁止項目啊……我居然說出口了。為什麼？」

我也很想問為什麼，又莫名覺得自己好像明白箇中緣由。

「朝比奈學姊，可以說一下ＴＰＤＤ是什麼的簡稱嗎？」

「Time Plane Destroyed Device……咦？」

一不小心說出口的朝比奈學姊按著櫻唇，同時瞪大了眼睛。

「不會吧……這明明是禁止項目啊。」

那是我早就知道的詞語。在四年前的七夕，我已從朝比奈（大）的口中聽說了。肯定在那個時間點，這就已經不是ＮＧ語了。

「裡面有些單字滿聳動的，到底是什麼意思呢？」

「那是……我們在跨越時間平面的時候……」

只見朝比奈學姊的嘴巴一張一合的動著，好像在模仿某種魚似的。

「……不行，說不出來。看來並不是所有的禁止項目都被解除了。」

學姊的口氣似乎安心不少。我也有同樣的感受。得知太多超越人類智慧的知識，下場肯定不會好到哪去。不小心聽到了足以撼動國家根基的重要機密，那種人往往不是落得被滅口就是被追殺。

我聳聳肩，朝比奈學姊臉上也綻放出一朵小小的笑靨。

「對不起，阿虛。現在的我能說的就這些。但是——在不久的將來，我一定能透露更多的。禁止項目的規定解除了一些些，就證明了我過往的努力受到了肯定。」

頂著燦爛有如成功開花的蒲公英笑容，朝比奈學姊又重複說了一次：

「一定會的，在不久的將來。」

那真是讓人忍不住想把門反鎖起來占為己有的笑容。拜託哪個好心人將學姊這張笑臉拍下來。真希望這一刻的好時光能永遠留存起來。

但是——我沒有準備照相機，沒有把門反鎖，也沒有拴上門閂。取而代之的，是向學姊報以無言的微笑。

我相信妳會的，朝比奈學姊。妳的努力一定會開花結果，這一點我很清楚。我也知道妳做了多少努力才能有如此的成長。儘管我不知道我眼前這位清秀可人的朝比奈學姊要經過多少年才能成長為豔冠群芳的朝比奈（大）。不過就我個人而言，我還是不希望妳成長得太快。

因為這位看上去比我還小的學姊越接近朝比奈（大）的形貌，就代表我們離別的時期也越來越近。

那麼——希望學姊儘量維持在現狀的想法，就不算是單為我自己著想吧。每個人都會捨不得她的，尤其是春日。天氣冷的時候沒了可抱著取暖的人形抱枕，那女人一定會感到很遺憾。

我守在走廊上，站著看長門的書時，自腳尖就虎虎生風的女團長，以及像個無酬保鑣隨侍在側，愛找刺激的瘦高副團長，兩人正並肩走來。

見到古泉那貌似發自真心的清爽微笑，我就只有一個感想：這小子真是不會挑時機。他一個人來的話我們還可以說些悄悄話，但是他跟春日卻像誘餌與上鉤的魚一般形影不離，想說也沒得說了。我本來打算把我昨天跟橘京子談過的想法告訴他的，不過這小子消息向來靈通，搞不好早就得到情報了。就算把喜綠學姊在那裡打工的事告訴他，他八成也不會驚訝。像他這麼難製造驚喜的人也真是世間少有。

「實玖瑠在換衣服嗎？」

我不知道春日是從哪晃回來的，但她的呼吸絲毫不紊亂。而且很開心的向我走來，揮手把我驅離，門也沒敲就推門進去——

「哇，啊，等一下，哇哇哇！」

朝比奈學姊發出了可愛的哀號。

「只差後面的拉鏈沒拉上嘛。這樣就不用在意了，進來！」

春日一把抓住我的衣袖，硬是把我拉進社團教室。所幸春日對朝比奈學姊的描述相當貼近現實——穿上連身工作裙的朝比奈學姊背對窗戶，手揹在身後固定不動——這就是我看到的一切。

春日像是踢進防守線的足球一樣繞到朝比奈學姊身後，加筆把更衣的最終章潤飾完成。其實也不過是幫忙拉上拉鏈和戴上髮箍而已。

我把長門的書放回原位，對著探頭探腦有如從大眾澡場的櫃檯旁偷窺女湯的古泉問道：

「你跟春日幹什麼去了？」

「沒有啊。」

以海狗在海中悠游般的流暢動作滑進室內的古泉反手關上門，不改沉著大方的態度說道：

「只是碰巧在一樓的通道上遇到，就一起過來了。絕對不是背著你跟涼宮同學去執行什麼特別任務。」

「是嗎？」

那是最好。就算你沒叫我，我對你的印象也不會更差。不過就算春日說要衝進學

生會室拿社團經費，你這人可能也會毫不在乎的跟過去。那樣我操心的事又會多一樁了。暫時別上演學園陰謀物語啦。

「學生會長又不像你說的那麼呆頭呆腦，就算要找碴也會找個更恰當的時機。」

古泉在固定位置的鋼管椅坐下，微笑著面向春日，說道：

「譬如我們大張旗鼓，大肆宣傳招募團員，會長一定馬上就上門了。」

「我沒有大張旗鼓的打算。」

春日在團長席上晃了晃手指。

「不過——完全不做宣傳也有點怪。在暫時入社申請大會上參一腳是因為我覺得那是基本的工作。這就是所謂的威力偵察吧？果然不出我所料，學生會長立刻就跑來挖苦兩句了。我也跟著虛幌兩招。敵情偵察已說是相當成功。」

假如妳是為了觀察學生會的反應才那麼做的話，還勉強稱得上是一名策士。不過——妳是剛剛才想到的對不對？根本只是事後諸葛嘛。

「那有什麼關係？只要結果一樣，過程就不需要考慮。拚命打工賺到十萬圓，和撿到一百萬交到派出所然後從失主那裡收下一成的謝禮，還不是差不多。」

差多了！去打工搞不好會有豔遇（谷口論），更重要的是一疊疊的萬元大鈔可不是隨地都撿得到的。

不過團長殿下卻重重靠著椅背，發出嘎吱的聲響，換了一個話題。

「暫時入社活動實在是沒成效。不過——當時雖然沒看到有趣的一年級新生，可能是躲在什麼地方也說不定。一定有人猶豫不決、不知道該不該加入社團的。經過週六週日兩天的思考，應該再複雜的問題都能想清楚了。」

春日露出珍珠般的白牙，拿出一張紙說道：

「所以我就去校內公布欄貼這個。」

我從春日手中接過那張Ａ４影印紙，上頭有春日的親筆字跡，是這麼寫的：

「入團考試通知，限一年級新生參加。」

我唸了出來。朝比奈學姊停下手邊泡茶的準備工作，從我身旁探頭來看，眼睛眨呀眨的。

「只限一年級新生嗎？」

「實玖瑠也喜歡新鮮有活力的那一型吧？生魚片也是剛釣上來的生猛鮮魚更好吃啊。我們的目標自然是剛卸貨到高中的活蹦亂跳的新生群啦。」

妳當這裡是哪個漁港嗎？

「可是——這個，到處都沒寫上ＳＯＳ團的字樣啊……」

面對朝比奈學姊難得的敏銳觀察力，春日傲慢的說道：

「要是光明正大寫上ＳＯＳ團，會長又會來鬼叫鬼叫了。這只是讓步，權宜的讓步。儘管我也是百般不願意，不過為了克敵制勝，有時候故意退一步是必須的。寫上『入團』二字就足夠了。因為北高根本就沒有別的團嘛。」

我們學校是沒有應援團，所以ＳＯＳ團就成了名字唯一跟團扯得上關係的組織。假如還有別的就奇了。

「慢著，春日。」

我提出了一個更基本的問題：

「妳所謂的考試是什麼？難道入團還要接受考試嗎？」

「是啊。」

別一副理所當然的表情好不好。

「要考什麼？」

「祕密。」

「何時舉行？」

「等申請者一來就開始。」

我再一次細看上面的文字。這張影印紙上面除了斗大的「入團考試通知，限一年級新生參加。」的文句之外，其餘的說明就只有底下的：「於文藝社社團教室舉行。」

這行小字了。

春日把椅子搬過來坐，望著窗外說道：

「入團、文藝社。看到這二個關鍵字還不明白的一年級新生，可以不用來了。我們SOS團的名號早在聰明人之間傳開了，連這都不知道的人不要也罷。來到這裡才在問：『這個社團是幹嘛的？』的那種蠢材也免了。」

其實我也是那種蠢材之一。

朝比奈學姊把水壺放在瓦斯爐上，眺望著遠處喃道：

「一年級新生……新團員啊……」

語氣中充滿了緬懷。是想起了三年級的自己離畢業不到一年了嗎？

我把這張不知內情的人看了只會覺得很謎的影印紙交還給春日——

「真要有人來就好了。不過會希望加入SOS團的，泰半是少一根筋的傢伙吧。」

「我才不要少一根筋的。不過……也對啦，希望有人來。不然我精心研擬的入團考題就白費了。」

妳從上星期就一直在弄電腦，原來是在做那種東西啊？先借我瞄一瞄吧。

「不要！」

春日向我吐了吐舌頭：

「這關係到團內機密，不是你這樣的小嘍囉隨隨便便就能看的，想看就努力當上高層吧！」

我就是不想當高層，早就決定放棄這條升官之路了。

打開電腦後，春日用指尖動動滑鼠。

「其實這些考題還不能稱為完成稿。昨天也是邊弄公告邊出題，所以才會睡眠不足，我可是認真投入到這種地步喔。畢竟這也是團長的義務嘛。我才貼沒多久，應該不會馬上有人來……萬一真的來了，就先舉行術科測驗好了。」

妳那個什麼……入團考試，到底有幾個階段啊？

「這也是祕密。」

我暗自祈禱春日為尚不見人影的入團申請者所做的準備工作最後全化無烏有，在古泉對面落座。定睛一瞧，他已經備好棋盤和棋子了。

「要不要來玩一盤？」

我以為又是圍棋，不過這次的是名為「連珠」的古典遊戲。反正現在閒著也是閒著，就當作是頭腦體操，陪你玩玩吧。不過你得先告訴我規則。

「這就跟五子棋差不多，知道規則就很簡單了。」

我照著古泉的教導，一邊往棋盤上放棋，一邊在實戰中學會了大概的玩法。

我空出一隻手拿著朝比奈學姊泡的茶，就這樣玩了兩三局。很快的我就開始連贏古泉。不知是我的記性好較快掌握訣竅，還是古泉棋藝太差？反正在課業學習上完全沒影響。我們持續廝殺了好一段時間。

春日不斷的在電腦裡鍵入文字，朝比奈學姊在看一本有關日本茶的彩色圖書，我和古泉則是捉對廝殺。好悠閒。

「……？」

等一下，有點不太對勁。怪怪的。

我抬頭環顧社團教室，也察覺有異的春日和我同時發出了驚叫：

「咦？」「咦？」

我和春日的頭上都冒出了一個大問號。

接下來說的話也都重複。

「長門呢？」「有希呢？」

「咦？」

朝比奈學姊坐起了身子——

「對、對喔，她不在耶。雖然我習慣成自然，也幫她泡了一杯茶。」

我擺在桌上的那本書旁邊，正放著長門的茶杯。那是一口也沒有喝過，已經變涼了的綠茶。

耳邊響起喀答聲，我循聲望去，只見古泉正把手裡的棋子放回容器裡去。俊秀的臉龐上眉毛微挑。反應僅止於此。副團長始終保持沉默。

「會不會是去電研社出差？」

在我站起身前，春日已經以脫兔也會瞠目結舌的速度衝出了社團教室。

這股焦慮是怎麼回事？長門不在社團教室——就只是這樣而已……

比任何練家子扔出的回力鏢還要快，春日回來了。

「他們說她沒去！」

「啊，那、那個……會不會是幹部會議或者班上有事……」

朝比奈學姊不甚有自信的提出樂觀的論調，但我從來沒聽說長門被任命為衛生、風紀，或是圖書股長之類的。

恐懼比危險本身更可怕——這句好像不是用在這種情況下的喔？可是春日動作比誰都快，早就拿出手機撥電話了。

吧答吧答的輕響是春日的室內鞋敲打地板的音響效果。

等了幾秒鐘。

「——啊，有希？」

她接電話了。我稍微安心了一點。

「妳今天怎麼了?」

大約沉默了十秒鐘左右。手機貼著耳朵的春日，表情逐漸產生變化。

「什麼?妳在家?不會吧!」

春日的嘴巴成了ㄟ字形。

「發燒?妳感冒了?有沒有去看醫生?是嗎，妳沒去啊。有吃藥嗎?」

我、古泉和朝比奈學姊的頭同時一齊轉向春日。

長門發燒了?

春日神情凝重，皺起了眉頭:

「有希，這種時候妳就該聯絡我們啊。我們可是擔心得要命。妳有好好休息嗎……啊，抱歉，我吵醒妳了?是嗎?抱歉抱歉。不過……傻瓜，這怎麼會沒什麼大不了!我聽聲音就知道了，妳要不要緊啊?」

春日一邊連珠炮似講話，一邊將自己的書包拉過來。

「有希，好了好了，妳快回床上歇著吧。」

然後春日又向長門下達了好幾個指示，不久掛了電話，將手機從耳朵上放下來。

只見她站著不動，咬著拇指的指甲。

「這可不是單純一句糟糕了的情況。我們應該要早一點察覺的。阿虛，有希今天其實沒來上學。你知道嗎？」

我要是知道，現在就不會在這裡悠哉悠哉的看著妳做的愚蠢公告，也不會玩連珠遊戲來消磨時間了。

「真是，有希的導師腦子是有問題啊！也不會來知會我一聲。聯絡不力，沒資格當教師！」

雖說春日是在遷怒，唯獨這一次我對她的怒氣深表贊同。

為什麼沒跟我說呢？

不是導師也不打緊，但應該要有人來告訴我或是春日才對啊。

長門，妳是為什麼呢？為什麼不跟我說呢。為何不告訴我，妳發生了無法來校上課的超級不測風雲呢？

「實玖瑠，趕快換衣服！」

「啊，是的！」

「快點！」

「是！」

朝比奈學姊沒等我和古泉出去，就開始脫下女侍裝扮了。

春日已迫不及待要離校了，似乎連按部就班關電腦的步驟都覺得浪費時間。我和古泉也一樣，馬上就拿起書包衝出社團教室。

從關上的門扉裡，傳來春日幫朝比奈學姊換衣服的聲音，但兩人卻一反常態，靜得出奇。

得趁這個空檔說才行。

「古泉。」

「什麼事？」

「你是不是早就知道長門今天請假了？」

「如果是的話呢？你會怎麼做？」

「我會譴責你沒有說出來。然後盤問你，根據情節輕重，還可能召開批鬥大會！」

「我對神發誓，我是真的不知情。」

古泉露出一個硬質的微笑。就像是戴了一個玻璃透明面具一樣。

「長門同學不可能會受到地球上的病原體侵襲而發燒。又不是好久以前的火星人。（註：在HG威爾斯的科幻名著《世界大戰》中，入侵地球的火星人即因為無法抵抗地球的細菌病毒而併發瘟疫，全數滅亡）就怕又是和那時一樣的症狀。」

伴隨著寒氣的影像又回到我的腦海裡。大雪紛飛的滑雪場，矗立在漆黑雪山中的

夢幻之館。被封鎖的異空間。那是會讓人變得討厭冬天的一段難忘插曲。

還有九曜。那位有著瘋狗浪般的大波浪捲、活像人偶的女孩。天蓋領域的人型終端機。

我本來就在想她到底是來幹嘛的。昨天也沒做什麼，我還以為是因為喜綠學姊在的關係。

「他們又再度發動攻擊了。我指的是非資訊統合思念體的地球外知性體。當然了，他們的首要攻擊目標，就是堪稱為SOS團最大防禦壁的長門同學。」

古泉的解說比往常來得嚴肅許多。

「只要把長門同學逼到無法作動，剩下我們這些以地球為母體的人類就好辦了。可惜『機關』沒有足以對抗實體不明的概念生命體的力量。聰敏的未來人不知道有沒有辦法抗衡？目前的朝比奈學姊恐怕是沒辦法，但是……」

這樣東扣西扣下來，剩下的團員就只剩我和春日了。而我很清楚自己是整個團裡最沒有力量的。

但是春日就不同了。

她要是知道長門因為誰而病倒，一定會把那個誰痛毆得體無完膚才肯住手。就算得翻天覆地，她也會把長門給救出來吧。

怎麼辦？是這時候嗎？就是在這時候用嗎？我的王牌。把JOKER翻過來的時刻，就是現在嗎？

「我不那麼認為。」

感覺上，古泉的聲音已經從冷靜轉為冷淡了，難道是我的精神狀態造成我有此種錯覺嗎？

「他們的目的或許就在此。你聽好，王牌只能用上一次。正因為不能使用第二次，王牌才如此具有效力。假如你輕舉妄動，恐怕只會稱了敵人的心。何況目前的情況不算頂嚴重。我一點事都沒有，朝比奈學姊也一樣；對方如果徹底發動了真正的攻擊，我們是不可能還能像現在這樣自由行動的。我們也沒有接到報告說橘京子有什麼魯莽的行動。以此類推，未來人那一派應該也會一樣。這肯定是和統合思念體不同種類的外星人那一派的單獨行動。既然如此，我們更應該要審慎應對。」

正當我的回話擠到舌尖的那一瞬間，門發出很大的聲響打開了。春日抓著朝比奈學姊的手臂衝了出來。開口第一句話就是：

「好，走了！直奔有希家！」

她以接近憤怒的表情大叫，一馬當先跑出去。

當然——

膽敢違背那位團長命令的團員，自然是不存在。

——欲知詳情，請看《涼宮春日的驚愕》

Kadokawa Light Novels

天空之鐘 響徹惑星 1 待續

作者：渡瀨草一郎　插畫：岩崎美奈子

2006《這本輕小說真厲害！》第4名並連續3年TOP10
第7屆電擊小說大賞〈金賞〉得主SF幻想鉅作!!

這是一個會有宛如鐘聲之音從天而降的世界。這是一個存在著飄浮於半空，被稱為「御柱」之巨大柱子的世界。在這個世界裡，流傳著「到了深夜，『御柱』會浮現一名少女的身影。」菲立歐前往一探究竟，穿著奇妙服飾的少女出現在他的眼前——

NT$180/HK$50

台湾角川

Kadokawa Light Novels

Kadokawa Fantastic Novels

Merchant meats spicy wolf.

狼與辛香料 II

支倉凍砂

Isuna Hasekura

狼與辛香料 1～2 待續

作者：支倉凍砂　插畫：文倉 十

賢狼與旅行商人的奇妙之旅，
結合商業活動與獨特角色魅力的傑作！

旅行商人羅倫斯在一次因緣際會之下巧遇狼神赫蘿，並決定與她結伴同行。行商多年，身為商人的本事相當了得的羅倫斯，卻是怎麼也比不過自稱賢狼的赫蘿。羅倫斯答應赫蘿要帶她回到故鄉，兩人將如何在旅程之中憑藉智慧化險為夷呢？

各 **NT$200～240/HK$55～68**

台湾角川

Kadokawa Light Novels

學校的階梯 1待續

作者：櫂末高彰　插畫：甘福あまね

揮灑青春汗水，朝向永無盡頭的目標
——奔跑吧！少年少女!!

春季，神庭幸宏某天與專門在校內奔跑的「階梯社」邂逅——這是一個校方並未認可，且視為眼中釘的社團。幸宏見習此社團的活動，看到為了「階梯賽跑」而賣力奔馳的社員們，察覺到自己內心中的需求……「我想不顧一切全力奔跑！」

NT$180/HK$50

國家圖書館出版品預行編目資料

涼宮春日的分裂 / 谷川流作 ; 王敏媜譯,——初版.
——臺北市：臺灣國際角川, 2007.08面；公分—
—(Kadokawa fantastic novels)

譯自：涼宮ハルヒの分裂
ISBN 978-986-174-446-9（平裝）

861.57 96013132

Kadokawa
Fantastic
Novels

涼宮春日的分裂

（原著名：涼宮ハルヒの分裂）

2007年8月9日　初版第1刷發行
2023年12月15日　初版第11刷發行

作　者：谷川流
插　畫：いとうのいぢ
譯　者：王敏媜

發行人：台灣角川股份有限公司
總　監：呂慧君
總編輯：蔡佩芬
主　編：林秀儒
編　輯：黎夢萍
設計指導：陳晞叡
美術設計：莊捷寧
印　務：李明修（主任）、張加恩（主任）、張凱棋

發行所：台灣角川股份有限公司
地　址：104台北市中山區松江路223號3樓
電　話：（02）2515-3000
傳　真：（02）2515-0033
網　址：www.kadokawa.com.tw
劃撥帳戶：台灣角川股份有限公司
劃撥帳號：19487412
法律顧問：有澤法律事務所
製　版：巨茂科技印刷有限公司
ISBN：978-986-174-446-9